レジェンドノベルス
LEGEND NOVELS

ダンジョン・シェルパ

迷宮道先案内人

3

レジェンドノベルス
LEGEND NOVELS

ダンジョン・シェルパ
迷宮道先案内人

3

(1)

ミユリにとって家族と呼べる存在は、五歳年上のマリエーテだけだった。血筋的には叔母《おば》にあたるのだが、姉のような――いや、それ以上の存在である。

八年前、ミユリが二歳の時に、ミユリの母親は王都の郊外にある無限迷宮で行方不明になった。

だから、ほとんど記憶がない。

幼いころ、母親の面影《おもかげ》を追い求めて、マリエーテや執事のシズ、そしてメイドのタエとプリエに聞いて回ったことがある。

「母《かあ》さまは、どんな方？」

表現は様々だったが、話をまとめると、強くて美しいひと――だったらしい。

〝宵闇《よいやみ》の剣《つるぎ》〟という冒険者パーティのリーダーを務めていた母親は、冒険者パーティ番付表で〝東の勇者〟にまで上りつめ、現時点においても無限迷宮の最深到達記録である地下八十階層に潜行《ダイブ》した、第一級の冒険者だったという。

ふたつ名は、〝死霊使い〟。

ずいぶんとおどろおどろしい異名である。

ちなみに、父親とは毎日顔を合わせている。冒険者育成学校《アカデミー》に出かける前に、いつも〝離れ〟の部屋で「いってきます」の挨拶をするからだ。

しかし、返事は返ってこない。

比喩的な意味でなく、父親は動かぬ石像だった。

巨大な剣を地面に突き刺し、片膝をつくような格好で固まっている。白い髑髏《どくろ》の仮面と漆黒の長外套《ロングコート》を身につけており、その姿はまるで石化した死霊《アンデッド》のよう。

母親が〝死霊使い〟で、父親が死霊《アンデッド》？

ふたりはいったいどういう関係だったのか。

幼いころからの疑問は、いまだに解き明かされていない。

「ミュウ、お父さんとお母さんに、会いたい？」

「はい、姉《ねえ》さま」

「分かった。お姉ちゃんが絶対に助けてみせるから！」

時おり姉のマリエーテは、ミユリを抱きしめながら力強く宣言した。

そんな時、姉の身体《からだ》がかすかに震えていることを、ミユリは知っていた。

ひょっとすると姉は、自分自身を励ますためにそう宣言していたのかもしれない。

というのは、ミユリは目撃してしまったのである。

皆が寝静まった夜。頼りないランプの光に照らされた〝離れ〟の部屋で、もの言わぬ石像にすがりつくようにして泣いている姉の姿を。

弱音を吐かず涙も見せない、頑張り屋の姉。

礼儀作法に厳しく、無駄使いや食べ残しを決して許さない姉。

強くて、たくましくて、あたたかい。

そんな姉が、震えながら泣いていたのだ。

息を殺すようにして部屋に戻ったミユリは、ベッドの中でひとつの決意を固めた。

自分も冒険者育成学校《アカデミー》に入って、マリン姉さまの力になろう。

そして、父さまと母さまを助けるのだ。

七歳になったミユリは、やや強引に自分の希望を通して、冒険者育成学校《アカデミー》に通うことになった。

学校で見る姉は、少し違っていた。

冷たく、無表情で、近寄り難《がた》い。

友人も作らず、時間があればひとりで勉強や訓練に打ち込んでいた。自分にも厳しいが、他者にも容赦はしなかったようで、敵ばかり作っていた姉の評判は、正直、芳《かんば》しいものではなかった。

それでも集団から排除されることなく、皆に一目置かれていたのは、成績が優秀だったから——ではない。

〝試練〟に打ち勝ったからである。

四年生の時に初めて行われる〝レベルアップの儀〟で、姉はとある魔法ギフトを取得した。そして翌年、ミユリが入学した年には、別の属性の攻撃魔法ギフトを取得した。

魔導師。

ひとつの魔法ギフト――攻撃系に限る――を取得した冒険者は、魔術師という職種《クラス》を選択することができる。さらに別の属性の魔法ギフトを取得すると、それは魔導師となる。

現在、王都の冒険者ギルドに魔導師として登録されている冒険者の数は、わずか三十人足らず。

その貴重な職種《クラス》になれる権利を、冒険者の卵である姉はすでに手に入れたのだ。

どんなに頭がよくても、身体能力が高くても、剣術の腕があろうとも、レベルアップ時に得られるギフトによって冒険者としての〝格〟は定まってしまう。

あまりにも運の要素が強く、無慈悲な〝試練〟だった。

魔法ギフトの連続取得という偉業を成し遂げた姉の名は、冒険者育成学校《アカデミー》どころか冒険者界隈《かいわい》にまで轟《とどろ》くことになる。

有用なギフトを得た瞬間、有頂天となる学生たちと違って、姉は冷静に見えた。

だが、実際は違った。

時属性というとても珍しい属性の魔法を取得した姉は、まるで取り憑《つ》かれたかのように〝離れ〟

の部屋にこもり、石像に向かって〝逆差時計《さかさどけい》〟という魔法を行使するようになったのである。

朝の登校前、帰宅後、そして就寝前には魔力が枯渇し、気を失うまで。

執事のシズが注意しても、メイドのタエとプリエが懇願しても、ミユリが泣きながらお願いしても、決してやめようとしなかった。

最後には皆も説得を諦め、マナポーションや倒れた時の毛布などを用意して、少しでも姉の負担を減らそうとした。

そしてついに奇跡は訪れた。

それは、とある春の日の朝のこと。

いつものように姉が〝逆差時計《さかさどけい》〟の魔法をかけてから、ふたりで石像に向かって「いってきます」の挨拶をする。

そのはずだった。

だが、複雑な魔法陣が弾《はじ》けた瞬間、石像が鮮やかに色づき、肩を大きく動かして、ふうと息をついたのである。

瞬きすら忘れて、ミユリは眼前に舞い降りた奇跡をただ呆然《ぼうぜん》と眺めていた。

「お兄、ちゃん……」

〝逆差時計《さかさどけい》〟は効果範囲内の時間を巻き戻す魔法。十一年という時を経て、石化していたミユリの父親は、もとの状態を取り戻したのである。

「お兄ちゃん！」

ぼろぼろと涙をこぼしながら、姉は父親に抱きついた。

一方、ミユリにはまだ心の準備ができていなかった。

だから、石像から戻った男に「この子は？」と問われた時、あからさまに動揺した。

鼓動がどんどん高まっていく。

男は何かに気づいたかのように、髑髏《どくろ》の仮面に手をかけた。

その素顔は、無骨な戦士のそれだとミユリは考えていた。あるいは大きな傷を隠すために仮面をしているのではないかと。

予想は外れた。

いたって普通の、ひとのよさそうな青年の顔が露《あら》わになった。瞳の色はこげ茶色。髪は小麦の穂の色で、首の後ろで束ねておさげにしている。

優しげな笑顔が、こちらに向けられた。

「……あぅ」

どくんと胸が音を立て、ミユリは真っ赤になって俯《うつむ》いた。

「ひょっとすると、俺とユイカの、子供かな？」

「すごい、お兄ちゃん！　分かるの？」

「当たり前だよ」

嬉《うれ》しそうに抱きつく姉の姿を見て、ミユリは心から安堵《あんど》した。

今までずっと、姉は無理をしてきた。

最近では家でも笑顔を見せることはなくなった。睡眠時間を削ってまで学業に打ち込み、気を失うまで魔法をかけ続けた。

このままの状態が続けば、いずれ姉は壊れてしまう。

胸が張り裂けそうな予感は、この瞬間――すべて吹き飛んだのである。

姉さまが、泣いている。

自分の前で遠慮なく。

もうだいじょうぶ。

頼るべき相手を、姉は見つけたのだ。

それが自分であろうと他の誰かであろうとかまわない。

ミユリは姉のことを助けたかった。

助けてほしかったのだ。

あまりにも嬉し過ぎて自分も泣きそうになり、それをごまかすために、ミユリは姉とともに父親に抱きついた。

(2)

霊峰と呼ばれる山の麓《ふもと》、なだらかな傾斜地に王都はある。周囲を強固な城壁で囲まれており、その内部は太陽城を頂点とした三つの区画——空区、丘区、森区に分かれていた。

王の居城である太陽城にもっとも近い空区は、いわゆる上流階級に属する人々が住んでいる区画だ。街の景観は美しく、少し標高が高い分、坂道は多いが景色もよい。

逆にもっとも低い位置にある森区には、下流階級の人々が住んでいる。街並みはごみごみしていて治安もわるい。

それでも賑《にぎ》やかさという点においては、辺境の町などとは比べものにならないようで、ロウはお上《のぼ》りさんよろしく、きょろきょろともの珍しそうに周囲を見渡していた。

「お兄ちゃん。ここが、王都の冒険者ギルド」

「へぇ、立派な建物だなぁ」

マリエーテが指し示した先には、巨大な黒色の建物がそびえ立っていた。

アーチ状の正門を潜ると、そこは吹き抜けのロビーで、正面奥にカウンターがあった。窓口職員は五人もいる。壁際にはソファーや掲示板などがあり、数十人もの冒険者たちが相談したり談笑したりしているようだ。

マリエーテは真《ま》っ直《す》ぐカウンターに向かうと、とある人物への面会を申し出た。

その様子を見守りながら、ロウは感慨深げに思った。

人見知りの激しかったマリエーテが、自分の意思できちんと用件を伝えられるようになったとは、嬉しい限りである。

さすがに受付嬢も洗練されていて、十五歳の新人冒険者にも礼儀正しく応対してくれた。

「かしこまりました。ただいま呼んでまいりますので、少々お待ちください」

壁際のソファーに座って相手を待つ。

マリエーテは、ひと月前に冒険者育成学校《アカデミー》――冒険者を育成するための専門学校である――を卒業したばかりで、すでに冒険者として登録しているという。

「しかしまさか、マリンが冒険者になるとはなぁ」

ロウとしても妹を学校に通わせたいとは思っていたのだが、甚《はなは》だ計算違いである。

「ぜんぜんむいてないと思ったんだけど。お兄ちゃんとお姉ちゃんを助けたくて」

「ひょっとして、ミユリも同じ目的で冒険者を目指してるのかい？」

マリエーテは肯定した。

「ミュウは冒険者育成学校《アカデミー》の四年生で、ものすごく注目されてるの」

ミユリの母親であるユイカは、この国で広く信仰されている大地母神教の巫女《みこ》という立場だった。人々は血の繋《つな》がりを尊ぶ。ユイカなき今、残されたミユリに対する期待と重圧は、いかほどのものだろうか。

「あの子、人見知りするから、ちょっと心配で」

またしても感慨深げに頷《うなず》くロウであった。

しばらく談笑していると、いつの間にか周囲が静まり返っていることに気づいた。ロビー内の冒険者たちがこちらのほうを観察したり、指を差したりしながら、ひそひそと囁《ささや》き合っているようだ。

その中のひとり、二十歳くらいの若い男が声をかけてきた。

「やあ、〝時間《とき》の魔女〟」

隣を見れば、マリエーテの表情が消えている。

「うちのパーティへの加入の件、考えてくれたかい？」

「そのお話は、お断りしたはずです」

マリエーテの声は冷たく、抑揚がない。

「だが君は、まだ単独《ソロ》だというじゃないか。いくら魔導師とはいえ、戦士職のサポートがなければ、満足な活躍はできない。その点、僕のパーティ〝快楽祭り〟は、軽戦士が五人もいるし、攻撃系アクティブギフトも豊富だ。絶対に損は――」

会話の途中で別の男が割り込んできた。こちらは十代の後半くらいか。やんちゃな少年といった顔立ちである。

「おい、〝快楽〟。抜け駆けするんじゃねぇ。その魔女っ娘は、俺が先に目をつけたんだ。この〝魔《ま》銀金槌《ぎんかなづち》〟さまがよぉ！」

さらにもうひとり、二十代前半くらいの女がやってきた。

「はん、笑わせてくれるわね。あんたらみたいなむさ苦しい男たちに、こんな可愛《かわい》い子がなびくはずないでしょ。ここは、女性冒険者だけで構成された、私たち〝白百合《しらゆり》の手〟が……」

「お前らのほうが危ねぇ！」

どうやらマリエーテの勧誘のようだ。

魔術師でさえ引《ひ》く手数多《てあまた》だというのに、魔導師ともなれば注目されるのも道理だろう。どこか他人事《ひとごと》のように感心していると、女冒険者がロウに目をつけた。

「何よこいつ、へらへら笑って」

他のふたりも睨《にら》みつけてくる。

「おい君、誰に断ってその子の隣に座っているんだ？」

「まさか、お前も勧誘してんのか？　順番を守れよな」

「いえ、そうではありません。今日はマリンに案内してもらって……」

知り合いに会いに来ただけである。

「マリン、だと？」

「まさかあなた、この娘《こ》の」

「ざけんな！　許さねぇぞ！」

無言のまま隣に座っていたマリエーテが、腰のベルトに差していた短刀《ナイフ》を取り出し、無造作に放り投げた。短刀《ナイフ》を中心として魔法陣が浮かび上がる。直後、耳をつんざくような爆発音とともに、大理石の床が砕け散った。

もし範囲内に誰かいたら、むごたらしいことになっていたに違いない。

度肝を抜かれたように座り込んでしまった三人の冒険者を、マリエーテが静かに見下ろした。

「このひとに何かしたら、絶対に許しません」

怒りの炎を氷の結晶で閉じ込めたかのような声。まったくの無表情だが、全身から寒気のするような神気が漏れ出ている。

「私たちには、大切な用事があります。今日のところはお引き取りください」

三人の冒険者たちは怯《おび》えるように逃げ出した。

「……あの、マリンさん？」

「ごめんね、お兄ちゃん」

ころりと表情を変えて、マリエーテが申し訳なさそうに謝ってくる。

「いや。だいじょうぶなのか？　あんなことして」

「私、寄り道してる暇はないの」

大切な義姉《あね》であるユイカを助けるためには、どんな冒険者でも、どんな品物《アイテム》でも利用するつもりだと、マリエーテは言った。そして目的達成のために必要のない者たちとかかわっている時間はないのだと。

どこかで聞いたような話だと思いながら、ロウは嘆息した。

「それよりもこれ、どうするんだい？」

高価そうな大理石の床が砕けて大穴が開いている。マリエーテはにこりと笑うと、腰のベルトから棒《ワンド》を取り出した。複雑な魔法陣を描いて、手首をひるがえす。

「〝逆差時計《さかさどけい》〟——ほいっ」

魔法陣が分裂し、大穴が開いた大理石を取り囲む。硬質な音を立てて魔法陣が弾けると、大理石の床はもとの状態に戻っていた。その上に、短刀《ナイフ》が転がっている。

マリエーテは短刀《ナイフ》を拾うと、再びロウの隣に戻ってきた。

「この短刀《ナイフ》には、〝地雷砲《じらいほう》〟が〝封陣《ふうじん》〟されてるの。一度使うと壊れちゃうんだけど、もとに戻せるから」

「遺失品物《アーティファクト》か」

装備品に魔法を宿らせるギフトを、〝封陣《ふうじん》〟というが、現在このギフトを持つ冒険者はいない。

百年ほど前の伝説の賢者が取得していたとされ、彼が生み出し現在もなお残されている品物《アイテム》は、遺失品物《アーティファクト》と呼ばれていた。

「相変わらず騒がしいな、マリエーテ」

いつの間にかふたりのそばにやってきたのは、浅黒い顔をした中年の男だった。

髪と眉毛がなく、気難しい顔をしている。ロウが記憶しているよりも、いくぶんしわが増えたようだ。

「ヌークおじさま。ごぶさたしています」

マリエーテはぺこりとお辞儀した。

（3）

冒険者ギルドの最上階、ギルド長の執務室に案内されたロウとマリエーテは、上質な革製のソフアーに身を沈めた。職員らしき女性がお茶を出して、話ができる状態が整う。

「これこそ、大地母神の奇跡だな」

「そのわりにはあまり驚いていないようですね」

ロウの感想にヌークが頷いた。

「ああ。君を助ける方法が見つかったとマリエーテから聞いていたからな。いつか会える日がくることは、予想がついていた」

「俺の感覚ではそれほどではないのですが、お久しぶりです」

「私の感覚では、十一年ぶりだ」

ヌークは七年ほど前に冒険者を引退し、現在は冒険者ギルドのギルド長を務めているという。

「ミユリさまには、もうお会いしたのだな」

「ええ。まさか、目が覚めたら十歳の子供がいるとは思いませんでした」

「対外的には、黒姫さまは〝聖母〟というお立場になり、ミユリさまが神の子――〝神子《みこ》〟ということになっている」

ユイカは大地母神《ギャラティカ》の化身となり、処女受胎し、その子を地上に遣わした、という設定らしい。

かなり無理があるなとロウは思った。

教団の公式見解では、ロウという父親は存在しないそうで、そのことについて協力してほしいとヌークは要望してきた。

つまり、何もしゃべるなということだ。

「黒姫さまを失った今、我々には象徴となるべきお方が必要なのだ」

「事情は分からなくもないですが」

ちらりと隣を見ると、マリエーテが口を尖《とが》らせて不服そうにしている。

「ユイカが戻ってきたら、怒りますよ？」

「覚悟の上だ」

それからヌークは、タイロス迷宮での出来事をロウに聞いた。

「我々が気づいた時には、迷宮主《めいきゅうぬし》はおらず、迷宮核《めいきゅうかく》もなく、石化した君だけがあの通路《アイル》に残されていた。君が〝宵闇《よいやみ》の剣《つるぎ》〟を救ってくれたことは確かなようだが、ずっと気になっていてね」

ロウは迷宮核《めいきゅうかく》へと続く通路《アイル》を発見した経緯と、タイロス竜《ドラゴン》との戦いの顚末《てんまつ》をヌークに伝えた。

「最後は、世界葉呪《シャンブラー》による特殊なギフトと〝収受《しゅうじゅ》〟との時間差勝負となりましたが、おそらく、ぎりぎりで間に合ったのだと思います」

「そうか」

あの戦いを思い起こすようにヌークは目を閉じていたが、やがて大きく息をついた。

「思い返せば、タイロス迷宮での三度の潜行《ダイブ》は、君に助けられてばかりだったな。〝宵闇《よいやみ》の剣《つるぎ》〟のメンバーを代表して、感謝を伝えたい。今後、我々の力が必要になったら遠慮なく言ってくれ。できる限りの協力はするつもりだ。マジカン殿もベリィも同じ気持ちだと思う」

もとより遠慮するつもりなどないロウは「ありがとうございます」とだけ口にした。

ベリィは四年前、妊娠を機に冒険者を引退したのだという。同じく引退したマジカンは、冒険者育成学校《アカデミー》の特別顧問として招かれており、若き冒険者たちの育成に力を注いでいるとのこと。

「マジカンさんはちょっと意外ですね」

「ベリィの話では、初孫の可愛さに目覚めたらしい」

ちなみにマリエーテの魔法技術はマジカン直伝だという。その話を聞いてロウは納得した。魔法陣の描写や制御がこなれていたし、奇妙なかけ声も同じだったからだ。

お茶をひと口飲んでから、ロウは本題に入った。

「今日は、ユイカのことを知りたくてここに来ました」

ヌークは表情を厳しくして「どこまで聞いている？」と、逆に問いかけてきた。

「今から八年前、ユイカが王都の無限迷宮で行方不明になったこと。その原因となったのが、上級悪魔《グレーターデーモン》であること。そして――」

ユイカがまだ、生きている可能性があること。

「概要はマリンから聞きましたが、当事者であるヌークさんに直接確認したいと思い、ここに来ました」

「いいだろう」

ヌークの話は、タイロス迷宮が踏破《クリア》されたところから始まった。

最下層で意識を取り戻した〝宵闇《よいやみ》の剣《つるぎ》〟のメンバーは、半狂乱になったユイカをなだめ、説得し、石化したロウを残して地上に帰還した。

その後、〝宵闇《よいやみ》の剣《つるぎ》〟に対する陰謀を巡らせていたタイロス町長のバラモヌ、冒険者ギルド長のジョウ、前案内人ギルド長のギマの三者に対して、ロウの引揚作業《サルベージ》に協力するよう依頼した。

「依頼ではなく、脅迫でしょう」

「依頼だ。対外的にはな」

ひと月後、ロウの引揚作業《サルベージ》は完了した。

法的にはロウが死亡扱いとなることが決定され、ロウの遺言が案内人ギルド長のグンジよりユイカのもとに届けられることになる。

「ご親戚の女性――名前は忘れたが、彼女はずいぶんと憤慨していたぞ。最終的には金で片がついたがな」

「ご迷惑をおかけしました」

「いや、マリエーテがいたからこそ、黒姫さまは立ち直ることができたのだ」

ロウの唯一の親戚であるムラウ一家の消息については不明である。毎年マリエーテが手紙を出しているが、一度も返事がないらしい。

「すべての手続きを終えると、我々は石化した君を連れて、王都へ帰還することになった。黒姫さまの体調に異変が生じたのは、そのころだ」

王都に帰ってからも体調は回復せず、〝宵闇《よいやみ》の剣《つるぎ》〟は無限迷宮に潜行《ダイブ》することもできなかった。そしてかかりつけの女医の診断により、ユイカの妊娠が発覚したのである。

「私やベリィは愕然《がくぜん》としたが、黒姫さまは完全に浮かれていた。狂喜乱舞とは、あのような状態のことを指すのだろうな」

「うん。あんまり覚えてないけど、さすがはダーリンだって、毎日褒めてたよ」

マリエーテも嬉しそうにしている。

記憶の中の台詞《せりふ》が省略されているのではないかとロウは推測した。ユイカのことだから、もっと具体的に――たとえば「たった一度きりの機会《チャンス》をものにするとは、さすがはダーリンだ！」くらいのことは言ってのけたはずだ。

少し気まずそうに、ヌークが咳払《せきばら》いをした。

「身体《しんたい》の通常状態《デフォルト》が書き換えられていた君には、〝闇時雨《やみしぐれ》〟も〝浄化《じょうか》〟も効かなかった。呪いを受ける覚悟で〝解呪《かいじゅ》〟の叩棒《ビーター》を試してみたが、こちらも効果はなかった」

ロウを救う手段は迷宮にしかないと、当時のユイカは考えていたらしい。

具体的には、魔鍛冶師《ダークスミス》の手による魔法製品《マジックアイテム》である。

「迷宮に潜行《ダイブ》できないことに対する葛藤はあったようだが、黒姫さまは出産と育児を優先された」

およそ一年半、〝宵闇《よいやみ》の剣《つるぎ》〟は休業することになる。

その間、王都にある無限迷宮の最深到達階層は、地下七十八階層から八十階層に更新された。新たなる冒険者パーティが台頭し、冒険者番付表における〝勇者〟の称号を目指して、互いに激しく競い争っていた。

「そのころだ。奇妙な魔物の噂《うわさ》が広まったのは」

それは、地下八十階層を縄張りとする階層主で、種族名は上級悪魔《グレーターデーモン》だという。

冒険者たちの間では〝収集家《コレクター》〟と呼ばれていた。

「魔物にふたつ名がつくとは珍しいですね」

ロウの感想にヌークは首を振った。

「冒険者がつけたのではない。魔物自身がそう名乗ったのだ。やつは下級悪魔《レッサーデーモン》を支配するパッシブギフトを持っていた。そして、気に入った冒険者のみに狙いをつけ、襲いかかるのだ」

番付上位の冒険者たちが次々と犠牲になった。幸いにもパーティが全滅しなかったのは、上級悪魔《グレーターデーモン》に見逃されたからだという。

ロウは指を顎先に当てて考え込んだ。

「つまり、冒険者を倒す以外の意図があったと？」

「そうだ」

ロウが思い描いたのは、タイロス迷宮で出会った奇妙な魔鍛冶師《ダークスミス》――髑髏仮面《どくろかめん》のことだった。人間に興味があるとあの魔物は言った。同じような魔物が他の迷宮にいてもおかしくはない。

「黒姫さまは、上級悪魔《グレーターデーモン》を〝幻操針《げんそうしん》〟で支配して、君をもとに戻す方法を聞き出そうと計画された」

「…………」

ユイカの復帰後、〝宵闇《よいやみ》の剣《つるぎ》〟は地下八十階層に挑み、三回目の潜行《ダイブ》で目標階層に到達した。

そして、階層主である上級悪魔《グレーターデーモン》と対峙《たいじ》することになる。

ヌークは魔物の外見的特徴を語った。

「頭部には山羊《ヤギ》のような角が二本ある。凹凸のない顔立ちで、肌の色は真紅――血の色だ。背中に蝙蝠《こうもり》のような羽が生えていて、細長い尻尾がある。装備品は錫杖《カッカラ》と、暗黒骸布《あんこくがいふ》の袖無外套《マント》を身につけていた」

〝収集家《コレクター》〟が使役する下級悪魔《レッサーデーモン》の一団と、〝死霊使い《ユイカ》〟が使役する魔物の一団が激突した。

まるで戦《いくさ》のようだったと、ヌークは回顧した。

「やつは、黒姫さまに目をつけた」

戦いは総力戦となり、〝宵闇《よいやみ》の剣《つるぎ》〟は上級悪魔《グレーターデーモン》を倒すあと一歩のところまで追いつめたのだという。

「やつは広間《ステージ》の天井近くまで浮き上がると、とある魔法ギフトを行使した」

もちろん黙って見ているわけにはいかない。マジカン必殺の光属性魔法、〝破魔砲光弾《はまほうこうだん》〟が炸裂《さくれつ》したが、同時に上級悪魔《グレーターデーモン》の魔法も発動した。

魔法陣によって囲まれたのはユイカである。

「翼を切り裂かれ、角を折られ、半死半生となったやつは、黒姫さまに触れると、奇妙なステップを踏んでその場から消えうせた。黒姫さまとともにだ。おそらく〝転移〟の長靴《ロングブーツ》を履いていたのだろう」

階層主《グレーターデーモン》を支配する計画は、失敗に終わった。

パーティリーダーを失った〝宵闇《よいやみ》の剣《つるぎ》〟は、解散の危機に陥ったが、ベリィが代理を引き受けることになった。

ベリィは新たなるメンバーを募り、今度はユイカを救うため——あるいは復讐《ふくしゅう》を果たすために、無限迷宮に潜行《ダイブ》し続けたのである。

「弱体化したのは〝宵闇《よいやみ》の剣《つるぎ》〟だけではなかった。〝収集家《コレクター》〟により、有力な冒険者が次々と連れ去られたからだ」

遠征を組んでも、地下八十階層に到達することはできない。冒険者パーティの実力は徐々に低下していき、現在では勇者パーティであっても、地下七十階層がせいぜいだという。

「黒姫さまが連れ去られてから一年後、私は冒険者を引退した。年齢的なこともあったが、黒姫さまの生還は、もはや望み得ないと考えたからだ」

一方、〝黄金四肢《きんじし》〟のふたつ名を与えられたベリィは孤軍奮闘し、〝宵闇《よいやみ》の剣《つるぎ》〟を再び〝東の勇者〟にまで押し上げることに成功した。

しかしそれでも、地下八十階層には届かなかった。

結局、妊娠を機に、彼女もまた冒険者を引退することになる。

ロウは問いかけた。

「ユイカが受けた魔法の種類は？」

「遠目には黒姫さまの身体が硬直したように見えたので、麻痺《まひ》か、あるいはそれに類する状態変化の魔法だと考えていたのだが……」

ヌークはマリエーテに視線を送った。

「マリエーテの〝逆差時計《さかさどけい》〟を見た時、私は魔法陣の類似性に気づいた。上級悪魔《グレーターデーモン》の魔法は、時属性だったと思う」

「根拠はそれだけですか？」

魔法陣の文様は様々だが、属性によって類似性がある。

たとえばユイカが行使する闇属性魔法ならば、歪《ゆが》んだ曲線が複雑に絡《から》み合っているし、ベリィが得意とする風属性であれば、直線と弧の組み合わせが多い。

しかし、根拠とするにはやや弱いとロウは思った。

「去り際に、やつが言ったのだ」

重々しい口調で、ヌークは魔物の言葉を伝えた。

『我輩《わがはい》は、〝収集家《コレクター》〟である。ゆえに、この人間を我輩の収集物《コレクション》とする。喜べ！　我輩のもとで、この人間は永遠に輝き続けるのだ。命短き者よ、感謝するがよい。寿命などという愚かな運命から、我輩が解き放ってやったのだからな！』

ずいぶん自己主張の激しい魔物だとロウは思った。いや、タイロス迷宮にいた髑髏仮面《どくろかめん》も似たような感じだったか。

「被害にあった他の冒険者たちの証言も、おおむね一致していた。〝収集家《コレクター》〟の魔法を受けた者は、身体が硬直して動かなくなった。触れても話しかけても、反応しなかった。まるで、時が止まってしまったかのようだったと」

「つまり――」

ロウは要約した。

「〝収集家《コレクター》〟と名乗る上級悪魔《グレーターデーモン》は、時属性の魔法を使って、ユイカの時間《とき》を止めた、と」

「私は、そう考えている」

ユイカが〝収集家《コレクター》〟に連れ去られてから、すでに八年が経過している。常識的には生存も生還も望み得ないだろう。だが、タイロス迷宮でロウが石化し十一年の時を経て復活したように、もしかするとユイカを救出することができるかもしれない。

「話は分かりました」

いつの間にかお茶も冷めてしまったようだ。いれ直すように指示を出そうとしたヌークを、ロウは止めた。

「そろそろ、おいとましますので」

「そうか」

ロウは少し考えるそぶりを見せてから、ひとつ決心したように頷くと、隣のマリエーテに語りかけた。

「マリン。すべてをひとりで抱え込む必要はないんだよ。君はもう、俺を助けてくれた」

「…………」

「だから、ユイカは――」

きっぱりと言い切る。

「俺が、助けるよ」

マリエーテの顔が歪み、その眼《め》に大粒の涙が溜《た》まっていく。

「お兄、ちゃん……」

おそらく、ユイカが連れ去られてからずっと――マリエーテは重過ぎる使命に縛られてきたのだ。

兄《ロウ》と義姉《ユイカ》を、助ける。

でなければ、あれほど柔和で優しかったマリエーテが、他人に向かって辛らつな言葉を投げかけられるはずがない。

『私、寄り道してる暇はないの』

大きな決意は確かにひとを成長させる。だが、大き過ぎる決意を持てば、その分負担も大きくなる。誰かが支えてやらなければ、心が折れたり、歪んだりすることもあるだろう。

声を殺して泣き出した妹の肩を、ロウは優しく抱いた。

「しかしロウよ。いったいどうしようというのだ？」

自分がユイカの救出を諦めてしまったことに後ろめたさを感じたのか、苦しげな表情でヌークが問いかけた。

「ひとつ、お願いしたいことがあります」

ロウの要求は、王都の案内人ギルドへの推薦状を書いてほしいというものだった。

その意図をヌークははかりかねたようだ。

「実はここに来る前に、大地母神《ギャラティカ》の神殿に立ち寄ってきたんです」

もちろん、レベルアップのためである。

タイロス迷宮の迷宮核《めいきゅうかく》の経験値をすべて吸収していたロウは、一気に五レベルも上がり、冒険者レベルは十二となっていた。

「深階層でも十分対応できるレベルです」

「それはそうかもしれないが、重戦士ひとりでは戦えまい」

「仲間《メンバー》を集めます。それと、遠征ができる複数のパーティが必要ですね」

「冒険者ギルドに登録している冒険者パーティの実力については、おおよそ把握しているが、今の彼らの力では、地下八十階層にたどり着くことはできんぞ」

「冒険者パーティの力は、パーティ戦略にあり、パーティ戦略は、メンバーの組み合わせによって変わります」

だから、個々の実力と最良の組み合わせを見極める。

「そのためには、様々な冒険者パーティと潜行《ダイブ》する必要があるでしょう。それには、シェルパになるのが一番ですから」

「なるほどな」

将来有望そうな若手の冒険者。現在のパーティ内では力を出し切れていない冒険者。ギフトの組み合わせによっては化ける可能性のある冒険者。彼らをヌークに紹介してもらい、ロウがシェルパとしてサポートする。

冒険者ギルド長であるヌークのお墨付きとなれば、同行を断られる可能性は少ないだろう。

そして、新たなるパーティを再構築する。

「基本的に冒険者たちは我が強いものです。最初は強制依頼という形で、無理やりパーティを組ませる必要があるかもしれません。しかし一度はまってしまえば……」

「もとのパーティに戻ることは、できんか」

頭の中でいくつか検討するそぶりを見せてから、ヌークは了承した。

「案内人ギルドへの推薦状については、すぐに用意しよう。だが、いくらタイロス迷宮での経験があるとはいえ、ここで上級シェルパになるには時間がかかるのではないか？」

「短期間でユイカを取り戻せるとは考えていません。じっくりと、腰を据《す》えてやるつもりです」

「ああ、それがいいだろう」

「マリンにも手伝ってもらうよ」

マリエーテは涙を拭《ぬぐ》うと、子供のころに戻ったかのような笑顔で頷いた。

「うん。お手伝い、する！」

（4）

冒険者ギルドから帰ってきたマリエーテは、いつになく上機嫌だった。いや、出かける前から上機嫌だったのだが、今は何かが振り切れたように浮かれていた。

「ねぇ、お兄ちゃん。私、どうすればいい？」

「マリンの冒険者レベルは四だっけ？」

「うん」

「じゃあ、当面はレベル上げだな」

「分かった。毎日、潜行《ダイブ》する」

「やみくもに潜ってもだめさ。単独《ソロ》だと効率もわるいしね」

「じゃあ、どうするの？」

「まずは、知ることかな」

淡々とした口調でロウは説明した。

効率よく経験値を稼ぐためには、階層と領域《エリア》の状況、そして魔物たちの特性を知る必要がある。

「でも、〝おいしい〟狩り場は人気だし」

「まあそうなんだけど。やり方によっては、不人気な場所でも絶好の狩り場になることもある」

スープを口に運びつつ、ロウはさらりと言った。

「どちらにしろ、今のマリンをひとりで迷宮にやるわけにはいかないよ。危ないからね」

「えー」

マリエーテが不満の声を上げた。

「お兄ちゃんも？」

「俺も、いっしょじゃないと」

「冒険者とシェルパは、ひとつのチームだろう？」

ころりとマリエーテの表情が変わった。しまりのない笑みを浮かべ、ぴたりとくっついてくる。

「えへへ」

幼いころと言動が変わらないなとロウは思った。もの心つく前に両親を亡くし、唯一の肉親だった自分も留守がちだったことが影響しているのだろうか。

「お兄ちゃんと、潜行《ダイブ》する」

「マリンは甘えんぼだなぁ」

「だって十一年ぶりだもん」

「十一年、か」

少し遠くを見るような目をしてから、ロウはあっさりと結論づけた。

「なら、しかたないか」

「うん、しかたないの」

夕食の最中である。ふと気づけば、テーブルの対面にいたミユリと執事のシズが食事の手を止め、そろって目を丸くしていた。

そして。

「ど、どうしたの、タエさん?」

びっくりしたようにミユリが腰を浮かした。ロウとマリエーテのそばに控えていた初老のメイド――タエが、さめざめと泣き出したのである。

「マリンさまが、こんなに嬉しそうに。まるで、お姫《ひい》さまがいらっしゃったころのようで……」

雰囲気を察したのか、マリエーテが恥ずかしそうにロウから離れる。

「ご、ごめんなさい」

「いえいえ、だいじょうぶですよぅ」

少し間のびした口調でプリエが言った。こちらは二十代後半のほがらかな感じのメイドである。

「せっかくお兄さまと再会できたんですもの。少しくらい甘えたって、誰も文句は言いませんったら」

ふたりのメイドの反応を、ロウは冷静に観察していた。

ユイカがいない今、マリエーテが微妙な立場にいるのではないかと密《ひそ》かに危惧《きぐ》していたのだが、どうやら取り越し苦労だったらしい。

「皆さんを見ていると、妹がとても大切にされていたことが分かります。これまでマリエーテのことを支えてくださり、本当にありがとうございました」

ロウは深々と頭を下げた。

「兄として、感謝します」

素直な気持ちが半分。

そしてもう半分は、自分の存在を印象づけ、相手の警戒心を解くための演技だった。

夕食の片付けを終えると、タエとプリエは辻馬車《つじばしゃ》に乗り合い、それぞれの自宅へ帰っていった。

執事のシズは住み込みで、屋敷《やしき》内に自室がある。彼女はマリエーテとミユリの後見人でもあるという。

客室のベッドでひとり、ロウは考えごとをしていた。

今日は――あくまでも自分の感覚ではだが――いろいろなことが起こり過ぎた。

タイロス迷宮の最下層で迷宮主《めいきゅうぬし》と戦った〝宵闇《よいやみ》の剣《つるぎ》〟は、全滅の危機に陥った。ぎりぎりのところで、ロウは隠された通路《アイル》と迷宮核《めいきゅうかく》を発見することができたが、迷宮核《めいきゅうかく》を吸収するまでの時間と自分が石に変質するまでの時間との戦いになった。

結果は、相打ち。

気がつけば見知らぬ部屋にいて、目の前には十五歳になった妹と、ユイカそっくりだがユイカよりも可愛らしい息子がいた。

信じられないことに十一年という時が経過したのだという。

そしてユイカは、迷宮内で行方不明になっていた。

マリエーテから事情を聞いた後、ロウはシズ、タエ、プリエの三人を紹介された。

正直、心から歓迎されているとは言い難い雰囲気だった。推察するに、彼女たちにとって自分は、大切な主人についた〝わるい虫〟でしかないのだろう。

一応、客人待遇となり、ロウには風呂と着替えと食事、そして立派な客室が与えられた。衣服については、いつ復活してもよいようにと、前もって準備されていたようだ。

身だしなみを整えたロウは、マリエーテの案内で冒険者ギルドへと向かった。〝宵闇《よいやみ》の剣《つるぎ》〟のもとパーティメンバーであり、今は冒険者ギルドのギルド長を務めているというヌークに会うためである。

彼の顔を見て、ロウはようやく――時の流れを実感することができた。

子供の成長は劇的だが、大人の老化は緩やかで、しかし確実に刻み込まれる。四十を過ぎた中年のヌークは身体つきも丸くなり、貫禄《かんろく》がついた。

ヌークからユイカが行方不明となった状況を聞き、ロウは新たな目的を定めた。

ユイカを、助け出す。

彼女はもはや家族なのだから、それは当然の帰結だった。

これまで自分に課した中では最難関の目的だが、幸いなことにゼロからのスタートではない。

味方もいるし、幸いなことにコネもある。

まずは足場を固めて、活動拠点を作り、それから――

今後の方針をぼんやり考えていると、部屋の扉が遠慮がちにノックされた。

「どうぞ」

入ってきたのはマリエーテと、彼女に手を引かれているミユリだった。ふたりとも上等な生地の夜着を身につけている。

ベッドの横に並んで立つと、マリエーテがぽつりと言った。

「お兄ちゃんと、いっしょに寝る」

幼いころと言動が変わらない。

「だって。ミュウはあんまり、お兄ちゃんとお話しできなかったし」

理由として使われた息子は、困ったような顔をしていた。

ロウはふむと検討した。

自分が十歳の時は、父親といっしょに寝たいなどとは考えもしなかった。ましてや出会ったばかりの親子関係では緊張するだけではないか。

「ミユリが嫌じゃなかったら、おいで」

布団をめくってベッドの端に寄ったのは、ミユリに自分が息子として受け入れられているということを印象づけるためである。たとえ相手が嫌がろうとも、こちらの扉は常に開けておかなくてはならない。

意外なことに、ミユリはぱっと表情を輝かせると、いそいそとベッドに上がってきた。

かすかな既視感《デジャビュ》。

自然とマリエーテとふたりでミユリを挟み込むような形になる。幸いなことにベッドは大きく、三人で寝ても余裕があった。

「ミユリは、お母さん似だね」

「…………」

反応は、少し微妙なものだった。

「そ、その。顔は似ていると言われますけど、性格は違うみたいです」

「そう？」

「父さまから見て、母さまは、どんな方でしたか？」

酔っ払って幼いマリエーテに頬《ほお》ずりしたり、お別れの挨拶をねだったり、子猫のものまねをしたり――と、思い起こされる姿は、頬がほころびそうになるものばかりだ。

「とても素直で、可愛らしいひと、かな？」

ミユリはぱちりと瞬きした。

「えー、違うよ」

マリエーテが反論する。

「お姉ちゃんは、強くて、かっこいいの」

「ひとにはいろいろな一面があるものさ。特に大人には、立場ってものがあるからね」

もっともらしいことを口にしながら、はたと気づく。

この話は、ユイカにバレたらまずいのではないか。胸ぐらをつかまれて、「何を口走った、ダーリン？」などと詰問されるかもしれない。

「ああ、このことはお母さんには内緒だよ。ひょっとすると、ミユリには知られたくない一面かもしれないからね」

秘密の共有は結束を強めるもの。

「はい。絶対に言いません」

真剣な表情で、ミユリは頷いた。

個人的な好奇心から、ロウはミユリに冒険者育成学校《アカデミー》の様子を聞いた。

生まれ故郷であるタイロスの町には、そういった教育施設はなかった。だからこそ、幼いマリエーテを学校に通わせるために、ロウは冒険者を引退してシェルパになったのである。

ぽつりぽつりと、ミユリは話し始めた。

大地母神《ギャラティカ》の神子《みこ》として、ミユリは特別扱いされるのだという。

習いごとなどで学校を休むことも多いそうだが、単位を落とすことはない。そもそもミユリには、進級や卒業に必要な単位数というものが存在せず、試験すら免除されている。

そういった特別待遇に対して異議申し立てを行う生徒や保護者はおらず、むしろミユリと同じ学《まな》び舎《や》に在籍していることに付加価値を見出《みいだ》す者がほとんどのようだ。

「みんなが、僕に期待しているんです」

「それがつらいのかい？」

ミユリは首を振った。

しばし沈黙し、ぽつりと呟《つぶや》く。

「期待を裏切ることが、怖い――」

気弱そうだった表情が、どこか大人びたものに変わっていた。

この子にも意外な一面があるようだ。

冒険者育成学校《アカデミー》は七年生まである。最初の三年間は基礎教育で、文字や計算、歴史などを勉強する。

そして四年生になると、〝レベルアップの儀〟が行われる。

これは冒険者ギルドに依頼して集めさせた魔核《まかく》を〝収受〟して、生徒たちのレベルを上げる儀式らしい。

いわゆる、強制《パワー》レベリングと呼ばれる行為だ。

「だいじょうぶ。ミュウなら、きっと……」

マリエーテが励まそうとするが、言葉が続かなかった。

二属性《デュエル》の魔法ギフトを取得した自分が、大切な弟にとって重圧《プレッシャー》になっていることを自覚しているのだろう。

「姉さま、心配しないで」

健気《けなげ》にもミユリは姉を励ました。

「マリン姉さまは、ギフトを取得する前も、取得した後も、ずっとひとりで頑張ってきました。父さまと母さまを助けるために、ずっと」

「……ミュウ」

「だから、僕も負けません。絶対によいギフトを手に入れて、姉さまといっしょに──母さまを助けてみせます！」

賭けの成果をあてにして行動計画を立てることに意味はない。それどころか悪害ですらある。

だがそれは、然《しか》るべき時に自覚すればよいこと。

今は真っ直ぐ上を向いて伸びていく時期なのだろうと、ロウは思った。

「やっぱり君は、ユイカに似ているよ」

「え？」

純真無垢《じゅんしんむく》で、可愛らしいところが。

その後、マリエーテがユイカとの馴れ初《なそ》めについて聞きたがった。

四歳の時、ユイカが兄に向かってプロポーズをした場面《シーン》が、記憶の中に鮮烈に焼きついているらしい。

年ごろの女の子らしい要求《リクエスト》といえたが、息子《ミユリ》としてはどうだろうか。子供のころの自分であれば、両親の恋愛事情など知りたくもなかったはずだが。

「…………」

やや長めの前髪から覗《のぞ》く黒曜石の瞳が、興味津々といった感じでこちらに向けられていた。育ちが違うと、性格や嗜好《しこう》まで変わってくるらしい。

さて、どうしたものかとロウは考えた。

一度きりで終わらせるには惜しい時間ではある。マリエーテにしても、四歳で離れてしまった故郷のことなどほとんど覚えていないだろう。

少しずつ、語ってみようか。

「俺とマリンが生まれた町は、タイロスの町といって――」

家族以外には語られることのない、限定的《ローカル》な物語。少しだけ脚色して、尖った部分を包み込み、謎かけを追加して飽きさせないように。

それから、切りのよいところで。

「今日は、ここまで」

「えー！」

「も、もっと聞きたいです」

つられた子供たちは、そろって抗議の声を上げた。

(5)

「……ピクニック、でございますか?」

眼鏡の奥で、シズは小さく瞬きをした。

朝食の席である。

「ええ」

ミユリの父親——とされる人物が、にこにこと微笑《ほほえ》みながら頷いた。

曰《いわ》く、現状についてはおおよそ把握することができた。世間では十一年の時が過ぎ、妹は立派に成長して、可愛らしい息子までいた。それはとても喜ばしいことだが、時間の隔たりはあまりにも大きい。互いの心の溝《みぞ》を埋めるためにも、ぜひともピクニックを行いたいのです。

表情にこそ出さなかったものの、内心シズは戸惑っていた。

〝離れ〟の部屋で十年以上も鎮座《ちんざ》していた石像だったものが、同じ食卓についている。

男の名前は、ロウ。おさげ髪の青年で、シズが仕えていたユイカの婚約者であり、ミユリの父親であり、マリエーテの兄だという。

頭の中では理解したつもりでも、純粋な世界に異物が入り込んでしまったような違和感を覚えてしまうのだ。

ごくさりげない口調で、ロウは提案した。

「マリエーテとミユリのこともそうですが、シズさんや、タエさんプリエさんのことも、俺はよく知りません。ここはひとつ、親交を深める行事ということで、皆さんもごいっしょにいかがですか？」

「ピクニック！　いいですねぇ」

ぽんと両手を叩《たた》いて賛成したのはプリエである。

採用された当初はやや落ち着きに欠ける傾向にあったものの、結婚と出産を経て、今はほがらかな雰囲気を醸し出している。

「っていうか、やったことありましたっけ？」

「あたしが知る限りでは、ないわね」

タエが考え込む。齢《よわい》五十を過ぎた熟練《ベテラン》メイドで、情に厚く頼りがいのある存在だ。

「お姫《ひい》さまが小さいころに、何度かお誘いしたことはあったのだけど」

少女時代のユイカは真顔で聞き返したらしい。

『それをすることに、何か意味はあるのか？』

話を聞いて、ロウは苦笑した。

「まあ、彼女らしいといえば、そうかもしれませんね」

——あなたに、黒姫さまの何が！

とっさに湧き起こった激情を、シズは抑えた。

「ピクニック……」

ぽつりと呟いたのは、ロウの隣にいたマリエーテである。

「マリンは四歳だったから、覚えてないか」

「覚えてる！」

興奮したように、マリエーテは断片的な記憶を語った。

森の中にきれいなお花畑があったこと。そこで真っ白な兎《うさぎ》に出会ったこと。小川で釣りをしたこと。自分だけ一匹も釣れず泣いてしまったこと。ロウとユイカと三人でガジの実採りをしたこと。持ち帰って、煮つめてジャムを作ったこと。

他愛のない思い出話を無邪気に話す少女は、年相応というよりもどこか幼ささえ感じさせた。

思わず、シズは目を見張っていた。

昨夜に続いて二度目の驚きである。

マリエーテは普段、めったに感情を表に出さない。食事中は会話などしないし、食べ終えるとすぐに自分の部屋に戻ってしまう。大人びているというより、冷めきっているという印象が強かった。

少女が感情を露わにするのは、ミユリの教育方針を巡って自分と争う時くらいだ。まるで別人になったような表情と口調で、激しい怒りをぶつけてくる。

自分がマリエーテに嫌われていることをシズは自覚していたが、シズ自身はマリエーテのことを嫌ってなどいなかった。後見人としての義務を疎《おろそ》かにするつもりもない。できる限りのサポートをしてきたつもりだ。

それでも、一抹の寂しさは感じてしまう。

昔は、素直で優しい子だった。

黒姫さまがいなくなるまでは。

……いや、本当にそうだったか。

「僕、ピクニック、したことありません」

これもまた珍しいことに、ミユリが拗《す》ねたように口にした。

マリエーテがはっとしたように謝る。

「ごめんね、ミュウ。私、お兄ちゃんにいっぱい連れていってもらったのに。ミュウには何もしてあげられなかった」

「い、いいんです。マリン姉さまはとても忙しくて、それどころじゃなかったんですから」

互いを気遣うふたりの様子をロウは静かに見守っていたが、不意にシズのほうに視線を向けた。

「ピクニックといっても、街の近郊で落ち着ける場所があれば、どこでもかまいません。時間も半日ほどです。どうですか、シズさん？」

「そう、ですね」

本来であれば理由をつけて断るところだが、今のシズにはとある使命があった。

これは、相手の――

「互いのひととなりを知る、よい機会かもしれませんよ？」

驚きで、一瞬だけ呼吸が止まる。

気のせいだろうか。

笑顔の後ろで揺れたおさげの髪が、まるで悪魔の尻尾のように見えた。

執事であり後見人でもあるシズは、ミユリに対して英才教育を施してきた。基礎教育はもちろんのこと、貴族階級でも通じる礼儀作法、文学、芸術、体力作りに剣術、そして大地母神《ギャラティカ》に対する信仰と教義。

『多くの人々が〝終焉《ヌル》の予言〟を恐れ、嘆き、救いを求めているのです。彼らを救えるのは、神子《みこ》さまをおいて他にはいません』

常人では抱えきれないほどの期待に、ミユリは応えてきた。とはいえ、時おり不安そうな表情を見せることはある。そんな時シズはユイカの名を出して励ました。

『黒姫さま——あなたのお母さまも歩まれた道です。だいじょうぶ。神子《みこ》さまならば、きっとできます。自信をお持ちください』

正直、好き嫌いがはっきりしていて、自分が納得できない時にはてこでも動かなかったユイカよりも、受動性という点においてミユリは遥《はる》かに優れていると、シズは評価していた。

性格面だけではない。母親譲りの美貌は柔和さを含み、神秘性と親しみやすさという相反する要素を矛盾なく共存させている。

十五歳で〝成人の儀〟を迎えたあかつきには、信者たちの前で大々的にお披露目を行い、礼拝を司式《しき》する予定だった。

さぞや素晴らしい式典となるだろう。

輝かしい未来を夢想するシズだったが、計算違いが発生した。

冒険者育成学校《アカデミー》への進学を、ミユリが強く希望したのである。

『母さまと同じ道を歩むのですから、問題はないですよね？』

こう言われてしまっては、返す言葉もなかった。

しかしこれは渡りに舟だとシズは思った。

シズがミユリに抱いていた唯一の不安、あるいは不満——それはミユリの気性の弱さだった。この点においては、ユイカやマリエーテにも遠く及ばないだろう。

温厚でどちらかといえば人見知りする性格のミユリには、他者と交流する経験が必要だとシズは考えていた。

もちろん、つき合う人物は慎重に選ばなくてはならない。

冒険者は素養の低い、粗野《そや》で粗忽《そこつ》な者ばかりだが、冒険者育成学校《アカデミー》に通う生徒たちは違う。高額な授業料を払える家の子供しか入学することはできないし、冒険者を目指すというよりは、〃レベルアップの儀〃による基礎能力《ステータス》向上という恩恵を受けるために通っている者がほとんどである。

ようするに冒険者育成学校《アカデミー》とは、上流階級に属する子供たちの〃箱庭〃なのである。

他の学生たちとの交流が深まれば、将来の支援者《パトロン》になる可能性もあるだろう。

それに〃レベルアップの儀〃で迷宮攻略に有用なギフトを取得することができなければ、結局のところ冒険者の道を諦めることになる。

未練を断ち切るという意味においても、こちらのほうが得策なのではないか。

現実的な計算を加味して、シズは冒険者育成学校《アカデミー》入学の許可を出した。

ミユリの育成計画において、この進路選択は大きな影響を及ぼすことになる。これまで以上に過密なスケジュールを組まざるを得なくなったのだ。

当然のことながら、ピクニックなどという世俗的な行事のために割ける時間などなかった。

しかしシズは、いくつかの習いごとをキャンセルすると、半日ほどの時間を無理やり捻出した。

さらには、教団の関係者からピクニックにふさわしい候補地を聞き出し、ひとを派遣して交通ルートや現地の安全を確認させ、六人乗りの高速馬車を手配した。

そして、ピクニック当日を迎えた。

「では、出発いたします」

目的地は王都の近郊にあるミルワの森である。ひとの手の入った安全な森で、この時期、草花が美しく咲き誇っているという。

「ご鑑賞いただける草花は、トマの花、シュリの花、桃ユリ、ベル薔薇《ばら》、カルロ草、ミク草などです。ベル薔薇の茎《くき》には棘《とげ》がありますので注意が必要です。それぞれの特徴や挿絵につきましては、お配りした〝しおり〟をご覧ください。また、冬眠から覚めた蛇《へび》が出ることも予想されますが……」

説明を終えると、シズは手帳をぱたんと閉じた。

「――以上です。質問などございますでしょうか？」

一瞬、馬車内に微妙な沈黙が舞い降りた。

ピクニックに対するシズの力の入れように、マリエーテですら呑《の》まれた格好だが、ロウは感心したように褒《ほ》め称《たた》えた。

「いやぁ、短期間でここまで準備や調整をしていただけるとは。シズさんは、とても優秀な方ですね」

「仕事ですので」

短く、シズは答えた。

ミユリの教育方針を曲げてまでピクニックを強行したのは、ひとえにこの男、ロウのひととなりを知るためだった。

今後のロウの、ミユリに対する立ち振る舞いによっては、シズが所属する大地母神教団の利害関係と対立する可能性がある。

まずは人物を見定め、必要があれば忠告し、それでも立場をわきまえないのであれば、然るべき処置をとる。

それが、教団の上層部がシズに与えた使命だった。

（6）

教室内の空気がざわめく気配を、冒険者育成学校《アカデミー》の四年生、第一学級の生徒たちは、敏感に感じ取っていた。

この学級には、上流階級の中でもさらに上位に属する家の子弟たちが集められている。

基本的に彼らは争いごとを好まない。少なくとも直接的な暴力に訴えることはまずないといってよい。

なぜならば、暴力などという野蛮な行為は、何かを勝ち取るための手段に過ぎず、生まれながらにして勝ち得ている彼らには必要のないものだからだ。

穏やかに和やかに、同じ階級に属する仲間たちとの交友関係を深めることのほうが遥かに有益である。

生徒の入れ替わりが激しい冒険者育成学校《アカデミー》で、新たな学級が編成されてから、約ひと月。

第一学級の生徒たちは積極的に動き回り、新たに編入してきた生徒を取り込んで、自分たちが所属しているグループの勢力拡大を図ろうと試みていた。

そんな中、ひとり孤高を保っている生徒がいた。

ミユリである。

黒髪に黒い瞳という、この国では珍しい特徴を持つこの少年は、存在そのものが特別だった。

なぜならば、ミユリはこの国で広く信じられている宗教——大地母神教の、最重要人物だからである。

聖母、黒姫の子。

神子《みこ》。

大地母神教の影響を受けている組織や施設内において、彼は半神半人という存在であり、信仰の象徴でもある。

そういった事情もあり、冒険者育成学校《アカデミー》に入学して四年目になるというのに、ミユリには友人がいなかった。

立場上しかたのないことではあったが、原因の一端は彼自身にもあるといえるだろう。

この少年は、まるで神の手が創り出したとしか思えないほどの、美貌《びぼう》の持ち主だったのである。

繊細な絹糸を夜空の色で染め上げたような黒髪は、星の輝きを宿したかのような光沢を持つ。けぶるような睫《まつげ》に覆われた黒曜石の瞳は、光の加減によっては青みを帯びることもある。儚《はかな》げな、という表現がしっくりとくる繊細で柔和な顔立ち。肌の色は乳白色で、かすかに色づく唇は静やかに開花の時期を待つ蕾《つぼみ》のよう。

一見――いや、無礼を承知でじっくり観察したとしても、本当に少年なのか実は少女なのか、見分けることは難しい。

性別《ジェンダー》を超越した、〃彼《か》の君〃。

同じ学級の生徒たちといえども、おいそれとお近づきになれるものではない。

しかしここ数日というもの、ミユリの様子がおかしいことに同級生たちは気づいていた。

普段は憂いを帯びた表情で窓外《そうがい》の景色を眺めていることが多いのだが、時おり何かを思い出したかのように赤面したり、微笑を浮かべたりしている。

休憩時間には、押し花らしきものを挟んだ本を開いて、楽しそうに眺めている。

教室内の空気が、ざわめいていた。

「——あ、あのっ、神子《みこ》さま」

休み時間中に決死の思いで声をかけたのは、キャティという女子生徒だった。

「そのお花、とてもおきれいですわね！」

身体中の勇気を振り絞っての行動だったのだろう。緊張で口元が引きつり、声が上ずっている。

不思議そうにぱちりと瞬きしたミユリだったが、小首を傾《かし》げるようにして微笑んだ。

「うん。この前、家族でピクニックに行ったんだ」

癖のない艶《つや》やかな黒髪が、さらりと揺れる。

「う、わ……」

真っ赤になって狼狽《うろた》えたキャティだったが、ぎりぎりのところで後ずさるのを堪えた。

心を落ち着けるためにひとつ息を吐き、本人が笑顔——と思っている引きつった表情で、さらに問いかける。

「そ、それで、どちらに行かれたのですか？」

「ミルワの森だよ」

「ああ、王都の近くにある」

キャティは三年間、ミユリと同じ学級だった。だが、これほど長く会話を交わしたことはなかった。

「へ、へー。ミユリ……も、ピクニックに行くのか？」

突然会話に加わってきたのは、少し素行がわるいことで女子から顰蹙《ひんしゅく》をかっている男子生徒、ジタンである。

途端にキャティは目を吊《つ》り上げた。

「ちょっと、ジタンさん。邪魔をなさらないで」

「い、いいじゃないか、別に」

「わたくしがお話をしていますのよ。それに、神子《みこ》さまを名前でお呼びするなんて――不敬だわ」

ミユリは両手を振った。

「あ、いいんだよ。名前で呼んでくれて。僕も、そっちのほうが嬉しいし」

餌《えさ》を前にした空腹限界の子猫のように、キャティはくわっと目を見開いた。

「そ、それでは！　万が一、ひょっとすると。わたくしも、ミ――ミミミユリさまと、お呼びしても？」

「う、うん。だってみんなとは、三年間もいっしょだったんだから。今さら遠慮なんか……って、キャティさん？」

聞いていない。

〝彼の君《か》〟を名前で呼ぶこと。それがキャティの、今年の密かな目標だったのである。

「でもさ、ミルワの森って王都の南にあるちっこい森だろ？　あんなところに行って何するんだ？」

空気の読めないジタンの発言に、キャティははっと我に返った。

「あなた、本当に失礼ですわね！　ミ――ミユリさまが、なされたことですのよ。素晴らしいに決まってますわ！」

「だってさ。お前だったら、行くか？」

「……うっ」

第一学級の生徒は、上位上流階級に属する子供たちである。遠出の旅行ならば自慢話にもなるが、近場でのピクニックなど話題にすら上がらない。

「そもそもさ。ピクニックって、何するんだ？」

あけすけなジタンの疑問に、ミユリが答えた。

ピクニックは肩肘を張って出かけるものではない。景色のよい場所に出かけて、お弁当を食べたり散歩をしたりする。草花が咲いたり果実が実ったりする時期であれば、なおさら楽しい。

「そうやって季節を感じながら、家族の絆《きずな》を深めていく。それが、ピクニック――だよ？」

すべては父親であるロウの受け売りだったが、大地母神教の神子《みこ》であるミユリが語ると、とても神聖な行事のように思えた。

「ぐ、具体的には、どのよう行動を？」

すでに頭の中で次の休みの計画を固めつつ、キャティが尋ねた。

自分でも驚くほど積極的にミユリは語った。

ミルワの森には美しい泉がある。そのほとりに布を敷き、〝陣地〟を作る。食事をしたり話をしたり――とにかく、そういった行為をするための拠点だ。

それから泉の周辺を散歩した。

静かな森の中は意外にも音が豊かだった。

木の葉を踏みしめる音、泉から流れる小川のせせらぎ、そして野鳥の声と羽ばたき。

浅瀬にいる魚を眺め、色鮮やかな苔《こけ》に驚き、森の草花を鑑賞し、そして野草を食べた。

「や、野草を、ですか？」

突然の言葉に、キャティが混乱する。

「うん。スビビっていう食べられる草があって――」

透き通るような薄い緑色に、わずかに赤みが差した野草の茎《くき》。ごく当たり前のように皮を剝いで食べ始めたロウとマリエーテに、ミユリは驚いたものだ。

試すように言われて、少しだけ齧《かじ》ってみると、酸っぱい味がした。

正直、おいしいとは言えないかもしれない。

「他にも、桃ユリの蜜《みつ》とか」

「桃ユリって、あの桃ユリですか？」

屋内での観賞用として人気の高い花である。薄い桃色の大きな花弁と豊かな香りが特徴で、高価な香水の原料となることでも有名だ。

森の中でひっそり佇《たたず》む桃ユリを見つけたロウは、まだ開いていない蕾《つぼみ》にナイフで小さな切り込みを入れると、中が空洞になっている別の植物の茎《くき》を刺して、蜜を吸ったのである。

少し勇気が必要だったが、ミユリも試してみた。

甘く、香《かぐわ》しく、そして瑞々《みずみず》しい味がした。

この行為には注意事項がある。

蜜を吸っていいのは花の開いていない桃ユリだけ。そして切れ込みはできるだけ小さくすること。そうしないと種が育たなくなるからだという。

授業よりも熱心に、キャティが聞き入っている。ジタンも「面白そうだな」と乗り気の様子だ。

「それから？　それから、何をなさったのですか？」

「あとは木登りをしたり、苔の上を裸足《はだし》で歩いたり……」

「は、裸足で！」

淑女《しゅくじょ》たる者、足を見せることを恥じ入るべきだが、キャティが鼻息を荒くしたのは、ミユリの生足を想像したからである。

「ミユリって、意外とやんちゃなんだな。もっと大人しいかと思ってた」

ジタンが素直な感想を口にする。

「教えたもらったんだ。と――」

笑顔で言いかけて、ミユリは急に口ごもった。少し眉根を寄せ、唇を噛《か》みしめる。

いつの間にか、ミユリの席の周囲には教室内のほとんどの同級生たちが集まっていた。

「ミ、ミユリさま。私にもぜひお話を聞かせてくださいな」

「ミルワの森、だっけ。今度、僕も行っていいかな？」

「そうですわ。ミユリさまも、いっしょに行きませんか？　馬車やお弁当などは、我が家がご用意いたしますので」

「あなた！　ちょっとずうずうしいのではありませんこと？」

「そうよ。ミユリさまを独占しようだなんて許せませんわ！」

教室の中が一気に騒がしくなったが、

「君たち――」

学級長を務める生徒、イグナスが立ち上がり、皆に注意を促した。

「もう少し、自制心を働かせたまえ。栄《は》えある冒険者育成学校《アカデミー》の第一学級の生徒として、あるまじき節度だぞ」

冷静な指摘に、生徒たちはバツがわるそうに口ごもる。

「それに、我々は浮かれている場合ではないはずだ。三日後には〝レベルアップの儀〟を控えているのだからな」

教室内はしんと静まり返り、重苦しい雰囲気が漂った。

千載一遇《せんざいいちぐう》の好機《チャンス》を潰されたキャティは、イグナスに嚙みついた。

「余計なお世話ですわ！」

「そうだぜ！」

ジタンも加勢する。

「せっかくミユリと話ができたっていうのに、水を差すんじゃゃ――」

少し驚いたように目を丸くしたミユリを見て、ジタンはあからさまに動揺した。

「いや、俺は！　べ、別にそんなんじゃ、ないんだからな？　ただちょっと、たまたま機会があったから、ここにいるだけだ」

キャティが鼻を鳴らした。

「あら、たまたまでしたら、無理にお話しする必要はありませんわよね？　ご自分の席にお帰りあそばせ」

「なんだと！」

共同戦線は一瞬で崩壊した。

どうにも収拾がつかなくなりそうな雰囲気だったが、タイミングよく授業開始の鐘が鳴ったので、生徒たちは残念そうに自分の席へと戻っていった。

内心、ミユリは戸惑っていた。

いつもはみんな遠慮しているのに、急にどうしたのだろう。特別待遇を受けている自分は嫌われていると思っていたのに、違うのだろうか。

みんなが、変わった？

それとも変わったのは――自分？

授業が始まると、ミユリは三日後のことに思いを馳《は》せた。

〝レベルアップの儀〟は、冒険者育成学校《アカデミー》のカリキュラムの中でも、もっとも重要かつ神聖な行事《イベント》である。我が子の晴れ姿をひと目見ようと、家族や家令たちが大挙して神殿にかけつける。

「父さま、来てくれるかな」

誰にも聞かれない小さな声で、ミユリは呟いた。

(7)

「ロウさま、ですか？」

食器を洗う手を止めると、小首を傾げながらプリエが答えた。

「優しくて、真面目そうな方だと思いますけど」

「けど？」

「少し、得体の知れないところが……」

「得体の知れない？　その話、詳しく」

シズはずいと顔を近づけた。

「──あるような、ないような」

「どっちですか！」

うふふと、ほがらかな笑みを浮かべるプリエ。

「分かりません」

おっとりしているようで感覚的に鋭いプリエは、時おりものごとの本質をつくことがある。あわよくばと期待していたシズだったが、がっくりと肩を落とした。

「お会いしてからそれほど日も経《た》っていませんし。ゆっくりお話をする機会もありませんでしたから」

「そう、ですね」

今後雇い主になるかもしれない人物を、第一印象だけで悪《あ》し様《ざま》に言うことはできないだろう。そう考えて、シズは納得することにした。

「何か気づいたことがあれば、私に知らせてください。それから、このことは――」

「はぁい。了解です」

念のため口止めをして、勝手口から外に出る。

「……ぎりぎり、間に合ったかもしれませんねぇ」

皿洗いを再開したプリエの鼻歌まじりの呟きを、シズは聞いていなかった。

屋敷を半周すると、南側に面した庭に出る。昼下がりの午後、今日もいい天気だ。庭木や鉢植に水をやっていたタエを見つけると、シズは先ほどと同じ質問を投げかけた。

「ロウさまの印象、ですか？」

「そうです。あなたの率直な意見を聞きたいのです」

ここ数日、シズはロウのことを観察していたが、特に怪しい言動は見受けられなかった。

ミユリの父親であることを主張して、屋敷内の秩序に異を唱え、財産の管理にまで口を出してくるかと密かに危惧《きぐ》していただけに、ピクニックに行きたいという最初の要求には戸惑ったものだ。

何を考えているのか分からない。探りを入れようとすると笑顔でかわされる。時おり視線が合うと微笑み返される。

考え過ぎかもしれないが、こちらの考えが見透かされているような気がした。

おそらく、慎重な男なのだろう。

だとするならば、ミユリの後見人である自分に対してロウが隙を見せるはずがない。

だからシズは、メイドたちに聞くことにしたのだ。

幸いなことに、ロウとマリエーテは冒険者ギルドに出かけているし、ミユリも学校に通っている。屋敷の主人がいなくなれば、メイドたちの口は軽くなるもの。

「あたしは、いい旦那さまだと思いますけどね。なんたって、お姫《ひい》さまが見初《みそ》められたお方ですから」

シズとしては賛同しかねる意見だった。

今から十一年前、ユイカが所属していた冒険者パーティ〝宵闇《よいやみ》の剣《つるぎ》〟が地方にあるタイロス迷宮を攻略する際に紹介された人物が、ロウだったという。

迷宮道先案内人《ダンジョン・シェルパ》。

冒険者たちの荷物を預かり、迷宮内の道先案内をする肉体労働者である。

世間的には、決して褒められた職業とは言えなかった。

粗野で粗暴といわれる冒険者の中には、時おり英雄に匹敵するほどのカリスマ性を持つ者が現れる。

ユイカもそのひとりだった。

冒険者育成学校《アカデミー》出身の冒険者たちは人格者が多いし、大地母神教の熱心な信者であれば、少なくとも一般人ともめごとは起こさない。

だが、シェルパたちは違う。

彼らは冒険者として才能がなかった者、冒険者になる勇気すらなかった者、そして他に金を稼ぐ能がない、ならず者たちの集団だった。そのくせ、冒険者に同行しただけの迷宮探索を、まるで自分の手柄とばかりに誇示し、吹聴《ふいちょう》したりする。

〝宵闇《よいやみ》の剣《つるぎ》〟のシェルパとして抜擢《ばってき》されたのだから、ロウは優秀なシェルパだったのだろう。

実際シズも、ユイカ自身からロウの話を聞いていた。

タイロス迷宮の深階層で〝宵闇《よいやみ》の剣《つるぎ》〟が全滅の危機に陥った時、ロウの薬学の知識や特殊なギフトのおかげで、何度も助けられたのだと。

ダーリンは、すごいのだと。

だが、シェルパとしての実力と人間性は別ものである。

常人離れした意志の強さと行動力を併せ持つユイカだったが、特定の分野に関しては世間知らずなところがあった。

……たぶらかされたのではないか。

タエを味方に引き入れるために、シズは自分の真意を伝えることにした。

「あの方の存在が、神子《みこ》さまにどのような影響を及ぼすのか、私はそれを心配しているのです」

ピクニックでのロウとマリエーテの行動に、シズは仰天《ぎょうてん》した。

野草を食べる。花の蜜を吸う。木に登る。裸足で地面を歩く。それはまさに下級階層に属する輩《やから》の、卑《いや》しい振る舞いだった。ミユリに〝浄化《じょうか》〟の魔法をかけてもらおうかと本気で悩んだくらいだ。

帰りの馬車の中で、シズは血相《けっそう》を変えて注意を促した。

「家族のことに、口を出さないで！」

マリエーテが反発し、車内はいたたまれない空気になったが、ロウは困ったような笑みを浮かべながらマリエーテをなだめ、素直に謝罪した。

あの男は、神子《みこ》さまによい影響を与えない。

その確証を得たい。

「殿方《とのがた》というのは」

思いつめたシズに、タエはやれやれという感じで語った。

「子供ができたからといって、すぐに親になれるものじゃないんですよ」

「どういうことですか？」

「いえね。これは、うちのダーリンが言ってたんですが」

屋敷の者であれば、この時点で覚悟する。

話が長くなるな、と。

子供も成人して今では孫までいるタエだったが、夫婦仲は極めて良好らしく、時おりのろけ話をねじ込んでくるのだ。

「ハニー、君はすごい。最初に赤子を抱いた時に、もう母親の顔になっていたってね」

「はぁ」

一方のタエの夫はというと、くしゃくしゃの顔をした小さくて奇妙な存在に、最初はおっかなびっくりだったという。しかし育児を通して少しずつ、自分が父親であることを自覚していった。

つまりは経験が、男を父親に変えたのである。

「ロウさまは、ミユリさまのことを知らないまま、ずっと石になっていらしたのでしょう？」

目覚めたらいきなり十歳の息子がいたとしたら、どう感じるだろうか。自分が父親であることを、すんなり受け入れられるとは思えない。

「つまり、あの方の神子《みこ》さまに対する接し方は……」

「まあ、あの年齢にしては、びっくりするくらい落ち着いていると思いますがね。ミユリさまを怖がらず、かといってかまい過ぎず、うまく誘導して」

「――演技ということですね？」

「へ？」

タエとしては、父親としての自覚のないはずのロウの立ち位置や振る舞いを、密かに評価していた。

そして、およそ崩壊寸前と思われていたこの家に、家族の〝芯《しん》〟となるべき存在が現れたことに安堵していたのである。

あまり無理をせず、時間をかけてミユリの父親に――この屋敷の主人になってくれたらよいと考えていたのだ。

「やはりあの方には、何か別の目的があると考えたほうがよいかもしれません」

頭の中で疑惑が渦巻いているらしい女執事を見て、タエは急に不安になった。

「いえね、シズさん？」

「今は、神子《みこ》さまにとって一番大切な時期です」

間もなく、冒険者育成学校《アカデミー》で〝レベルアップの儀〟が執り行われる。

レベルアップを果たすと、大地母神《ギャラティカ》の加護により、基本能力《ステータス》の五項目――筋力、体力、瞬発力、持久力、魔力に、それぞれ補正がつく。

さらにギフトの抽選か基本能力《ステータス》の向上か、ふたつの加護を選択することができる。

ほとんどの冒険者たちは、ギフトの抽選を選ぶ。

だが、ギフトの抽選は運の要素が大きい。

使えないギフトを取得した時の絶望感は、熟練《ベテラン》の冒険者でさえこたえるもの。

希望に満ちた冒険者育成学校《アカデミー》の学生であれば、なおさらだろう。

ミユリにとっても大きな試練となる。

大地母神教の象徴――神子《みこ》たるミユリを冒険者などにはしたくないシズだったが、ミユリの精神的なケアに関しては神経を尖らせていた。

「このままことが進めば、神子《みこ》さまの御心《みこころ》を騒がせる事態になるやもしれません」

少なくともその可能性は捨てきれない。

「お願いします、タエさん。何か気づいたことがあれば、必ず私に知らせてください。それからこのことは――」

「え、ええ」

被害妄想《ひがいもうそう》じみたシズの予感は、残念ながら的中することになる。

(8)

その日は、神聖なる儀式にふさわしい快晴に恵まれた。

王都の空区にあるモーリス神殿を利用する冒険者たちは少ない。格式の高い場所なので、利用料《おふせ》が高額だからだ。そのおかげで、一般の信者たちも安心して日々の祈りを捧《ささ》げることができる。

普段は物静かなこの神殿は、立派な馬車に取り囲まれていた。

〝レベルアップの儀〟は、ミユリが所属する第一学級から順番に実施される。順番が後になればなるほど進行の遅れから待ち時間が増える傾向にあるため、応援する家族としては助かるが、儀式に臨む生徒たちからすると、心の準備を整える時間がない。

とはいえ、冒険者育成学校《アカデミー》に入学したときから覚悟していたことでもあり、また上流階級に属する者としては、動揺する姿を見せられないという意地もある。

神殿内の大広間で、四年生第一学級の生徒たちは、穏やかに——普段よりは口数は少ないものの——談笑しながら待機していた。

「ミュウ」

そんな中、ミユリを見つけたマリエーテが声をかけた。

「マリン姉さま！」

ミユリのそばにいた同級生たちが、緊張したようにざわめく。

昨年、冒険者育成学校《アカデミー》を首席で卒業したマリエーテは、下級生たちから畏怖される存在だった。

ひと呼んで〝時間《とき》の魔女〟。

細かな刺繡《ししゅう》が施された白色の式衣装《ドレス》を身につけ、悠然と近づいてくるその佇まいは、神秘的で、まさにふたつ名にふさわしいもの。

しかし、ミユリは違和感を覚えてしまう。

家で父親――マリエーテにとっては兄――に四六時中べったりくっついて、可愛らしいわがままを言っている姿が、本当の姉だということを知ってしまったからだ。

「応援に来たよ、ミュウ」

「嬉しいです」

「もちろん、お兄ちゃんもいっしょ」

マリエーテが振り返った先、少し離れた壁際にロウがいた。シズから事前の注意を受けているようだ。

その視線を遮るように、ひとりの少女が現れた。

「ご機嫌よう、マリンさん。卒業式以来ですわね」

金髪の巻き毛に豪奢《ごうしゃ》な赤色の式衣装《ドレス》という派手な出《い》で立《た》ち。見るからに気位の高そうな少女である。

再び周囲がざわめいた。

マリエーテと最後まで学年首席の座を争った〝炎《ほのお》の淑女《しゅくじょ》〟。

その名は――

「カトレノアさん」

「違いますわ」

金髪の巻き毛の少女は、不機嫌そうに訂正した。

「カレンです」

「……？」

マリエーテは怪訝《けげん》そうに眉根を寄せた。

「カ、レ、ン。卒業式の日に約束したはずです。今後は、互いに愛称《あいしょう》で呼び合うようにと」

「そうだっけ？」

実際のところは、緊張で顔を真っ赤にしたカトレノアがマリエーテに向かって一方的に宣言し、返事を聞く前に走り去ったわけだが、彼女の中では有効な約束になっているようだ。

カトレノアは優雅な仕草でミユリに一礼した。

「これは神子《みこ》さま。ご機嫌うるわしゅう。わたくし、マリンさんの終生のライバル、カトレノアと申します。お会いできて光栄ですわ」

「はじめまして、お姉さま。ミユリと申します」

ごく自然に挨拶を返すミユリを見て、感心するようにカトレノアが微笑する。

その時、

「カレンお姉さまあああっ！」

カトレノアを全体的に縮小したような少女が、全速力で駆け寄ってきて、そのままカトレノアの腰に抱きついた。

「こ、こら。キャティ。はしたないですわよ」

ミユリの同級生であるキャティである。

キャティはカトレノアの妹だった。教室でも姉のことをよく自慢しているので、同級生の間では周知の事実である。

「わたくし、とても心配で――朝食の時にはよく眠れたと申し上げましたが、実は、一睡もできませんでしたの！」

「ちょ、ちょっと、こっちにいらっしゃい」

ひと目を気にしたのか、カトレノアが別の場所に誘導した。柱の陰で、キャティは姉に泣き言をぶつけているようだ。プライドの高い彼女らしからぬ醜態だったが、誰もキャティのことを笑わなかった。

我が身を顧みれば、笑える余裕などなかった。〝レベルアップの儀〟は、少年少女たちにそれほどの重圧《プレッシャー》を与えていたのである。

「あ、お兄ちゃん」

マリエーテの声で、ミユリは我に返った。ゆっくりとした足取りでロウがやってくる。

初めて見る正装だった。

「やあ」

すぐ後ろにはシズとタエとプリエが控えており、その立ち位置はまさに若き家の当主といった感じだ。

胸の鼓動が高鳴り、ミユリは頰を赤らめた。

「と——」

形容のし難い喜びを、しかしミユリは伝えることができなかった。

執事のシズに、公の場——つまり屋敷以外の場所で、ロウのことを父と呼ぶことを禁じられていたからである。それだけではない。父親だと類推されるような言動も極力慎むようにと厳命されていた。

ロウの立場は、あくまでもマリエーテの兄ということらしい。間違ってはいないが、大切なことが抜けている。

まただ、とミユリは思った。

今まで感じたことのない尖った気持ちが、胸の内で暴れている。

互いに大変だねという感じで、ロウは苦笑した。

その表情を見て、ミユリの心は少しだけほぐれた。父親も同じ気持ちだと分かったからだ。

「緊張するなっていっても無理だろうけど、頑張れ」

「はい」

短い言葉だったが、ミユリには十分だった。

毎晩のように、ミユリはマリエーテとともにロウの部屋を訪れては、ベッドの中でいっぱい話をした。

女神と繋がる合言葉《キーワード》、話をする上での注意点、集中するコツなども聞いた。もちろん冒険者育成学校《アカデミー》の授業でも習ったが、ロウの経験談は少し違っていた。

『女神さまは、とても寛大で、意外とお茶目な方だよ。どうも、こちらの思考が読まれてるみたいだから、隠しごとをせず、素直な気持ちでお話しすること』

教師の話では、大地母神ギャラティカは高潔で気高い至高の存在であり、失礼な振る舞いは許されないとのことだったが、これぱかりは実際に会ってみないことには分からない。

「ロウさま」

何かを警戒するような低い声で、シズが促した。

「そろそろ観覧席《かんらんせき》に移られたほうがよろしいかと」

「ああ、そうですね」

先ほどのキャティのように、思いきり心の不安をぶつけることができたなら。

憧憬《しょうけい》にも似た想像を、ミユリは巡らせた。

自分以上の重荷を背負っていた姉《マリエーテ》に甘えることなどできなかった。

でも、父親になら――

「期待を裏切らないよう、頑張ります」

父親と姉を不安にさせないよう、ミユリは強がってみせた。

神殿長が来て、注意事項を説明する。

四年生の〝レベルアップの儀〟は、二段階で執り行われる。最初の〝ご挨拶〟で〝収受《しゅうじゅ》〟というギフトを授かり、魔核《まかく》を吸収して、次にレベルアップを行うのだ。

「そばには神官たちも控えておりますので、ご安心を。心を鎮めて、女神さまとお話しください」

その後、第一学級の生徒たちは、〝祝福の間〟へと移動した。通常は個室が多いらしいが、この神殿は特別で、巨大なドーム状の空間になっていた。

部屋の半分は観覧席になっており、生徒の家族や使用人たちが待機している。

床の上には巨大な円形の魔法陣が描かれており、その中心部に椅子がひとつあった。そして椅子と観覧席を見守るように、巨大な女神——大地母神ギャラティカの像が鎮座《ちんざ》していた。

「儀式を行う者以外は、魔法陣の中に入らないように」

担任の教師が重苦しい口調で注意した。

名簿を片手に指示を出す。

「では、最初はジタン君から。魔法陣の中央まで進みなさい」

「はい！」

表情を引き締めて、ジタンが一歩踏み出す。

「落ち着いていけ、ジタン！」

「母は、ここにおりますよ」

「ジタン坊ちゃま！」

「坊ちゃまぁ！」

観覧席から、本人よりも緊張したような声援が投げかけられた。ジタンはやや迷惑そうに顔を赤らめながらも、堂々と歩を進める。

椅子に座ると、

「〝女神言伝《ギャラティカ・ワーズ》〟」

ジタンの呼びかけに、地面に描かれた魔法陣が青白い光を発した。

しばらくして魔法陣の光が消える。

どのような会話がなされたのかは、本人以外には分からない。

やがてジタンは生徒たちのもとへと戻ってきた。

「レベルアップに必要な経験値は？」

「百十二です」

「では、これを――」

神官がそばに置かれていた木箱からいくつかの魔核《まかく》を取り出し、ジタンに渡した。

色は明るい紫色。大きさは指の先くらい。

「〝収受〟」

ジタンがギフトを使うと、魔核《まかく》が光り輝き、ジタンの掌《てのひら》に吸い込まれるように消えていった。

「では、もう一度女神さまとお話をしてください」

「はい」

再びジタンが魔法陣に進み出る。先ほどよりも大きな応援の声が投げかけられた。

ここからが、本番だ。

「〝女神言伝《ギャラティカ・ワーズ》〟」

今度は少し時間がかかる。

レベルアップと、追加の加護――基本能力《ステータス》の向上かギフトの抽選を選ぶことになるからだ。

しばらくして、ジタンは椅子から立ち上がった。

自信に満ちた表情で観覧席に向かって手を振る。父親と母親らしき人物が抱き合い、使用人たちが涙ぐむ。

会場内は拍手に包まれた。

次々と、生徒たちが〝レベルアップの儀〟を受けていく。儀式を終えた生徒たちの反応は様々だ。安堵の表情を浮かべたり、悔しさに涙を流したり、肩を落として落ち込んだり。すべてはギフトの抽選の結果だった。

そしてついに、ミユリの番が来る。

「次――ミユリ君。魔法陣の中へ」

「はい」

担任の声が響くと、周囲はしんと静まり返った。生徒たちも教師もそして神官すらも、固唾をのむようにミユリを注視していた。

ミユリが魔法陣に進み出ると、観覧席がざわざわと騒がしくなった。

「あれが、神子《みこ》さま」

「なんと神々しい」

「大地母神教の、象徴たるお方」

「世界を救う、女神の子――」

ざわめきは次第に大きくなり、無視できない音量となった。

「お静かに！　女神さまの御前ですよ。お静かに！」

神官たちが観覧席に向かって注意した。

ざわめきは落ち着いたが、代わりに息苦しいほどの沈黙で満たされた。

あまりにも異様な雰囲気に、ミユリは怯《ひる》んだ。

だいじょうぶ。決められた通りにやればいい。あの椅子に座って、合言葉《キーワード》を唱える。あとは流れに身を任せるだけ。

合言葉《キーワード》は――

一瞬、頭の中が真っ白になる。

その時。

「ミユリー」

沈黙の中、どこかのんびりとした応援の声がかけられた。

父親の声だった。

観覧席でひとり、両手を大きく振っている。

「父さんが応援してるぞ。頑張れー」

一瞬遅れて、マリエーテも叫ぶ。

「お姉ちゃんも、ここにいるから！」

すべての視線が、ロウとマリエーテに注がれた。

神子《みこ》には父親はいないはず。それが公式見解だったはず。もちろん生物学的にありえないことは分かっているが、それでも口外してはいけないことだった。

ミユリは心配した。

父親はシズから受けた注意を破った。

自分を応援するために。

心配すると同時に、心のわだかまりが消えた。

「ああ、姫《ひい》さま！　何とぞ、お力を！」

「ミユリさまぁ、落ち着いていきましょう」

タエとプリエも応援してくれている。

勇気をもらったミユリは、魔法陣の中心にある椅子に座って合言葉《キーワード》を唱えた。

そして、ギフトの抽選でアクティブギフトを取得すると、観覧席に向かってこう宣言したのである。

「父さま、やりました！」

(9)

夕食は、不気味なほど穏やかに過ぎていった。

シズの気質をよく知るマリエーテとミユリは、〝レベルアップの儀〟の一件で明らかに警戒するそぶりを見せていたが、厳格な女執事は表情を動かすこともなく、黙々と食事をしていた。

ふたりはほっと胸を撫《な》で下ろした。

マリエーテとミユリにとって、食事とは家族団欒《かぞくだんらん》の場ではなかった。どちらかといえば作法《マナー》訓練のような感覚であり、小さなミスも見逃さないシズから及第点を取ることを、無意識のうちに己に課していた。

だが、ロウが復活してからは、そんな雰囲気は消し飛んでいた。

「ミユリ。女神さまはどうだった？」

「はい。お優しい方でした」

「冒険者によっては、雑音が混じったり声が途切れたりして、会話の内容が聞き取りづらいひともいるみたいなんだ」

「そうなんですか？」

ミユリは少し考え込む。

「普通に、お話しできたと思います」

「そいつはよかった」

幸運なことに、ミユリは最初のギフト抽選でアクティブギフト――自らの意思で発現させることができる特殊技能を取得した。

それは、〝光剣《こうけん》〟という名の技だった。

恩恵辞典《ギフト・リブロ》で調べてみたものの、そういった名前を持つアクティブギフトは記載されていなかった。

つまり、誰も取得したことのないユニークギフトの可能性が高いということだ。

実際にどのような効果を持つのかは、いずれ明らかになるだろう。

「気をつけてね、ミュウ」

過去に苦い経験のあるらしいマリエーテが忠告する。

「有用じゃないギフトを取得した子もいるから」

「はい」

冒険者であれば、酒場で飲んだくれてウサを晴らすというのがお約束なのだが、学校という特殊な環境にいる多感な子供では事情が異なる。

「父さま」

思いきってミユリは相談することにした。

同級生である女子生徒のキャティが、自分が取得したギフトに絶望し、泣き崩れてしまったのである。

「どんなギフトなんだい？」

「〝精神力向上〟です」

「へぇ」

意識せずとも効果を発揮するパッシブギフトだが、その効力の大きさを表す指標――効度《グレード》は、〝一〟だという。

つまりは、精神力という能力値が一上がるだけ。

「そいつは幸運《ラッキー》だね」

「え？」

予想外の言葉にミユリは驚いた。

「あ、タエさん。パンのお代わりをお願いします」

「はい、ただいま」

冒険者の能力は基本能力《ステータス》――筋力、持久力、瞬発力、体力、魔力の五項目で表されることが多いが、この中に精神力はない。

過去に〝鑑定《かんてい》〟の上位互換である〝神眼《しんがん》〟というギフトを取得した冒険者の著書によれば、人間には隠しパラメータなるものがあり、精神力はその中で規定されている項目なのだという。

「つまり、レベルアップボーナスでは得ることができない、特別な能力値なんだよ」

精神力は基本能力《ステータス》と大きな関連性があり、この数値が低下すると本来の能力を十分に発揮できないのだという。

「さらには、判断力の低下にもつながる。迷宮内では生死を分ける要因になりかねない」

どんな一流の冒険者でも、精神力を失ってしまえば並以下の冒険者となってしまう。

「それに、地上でも役に立つ能力だ」

王国の法律により、特別な場合を除いて地上でアクティブギフトの使用は禁止されている。

しかし、パッシブギフトであれば別だ。

「精神力っていうのは、いわばひとそのものの〝強さ〟だからね。鍛えようと思って鍛えられるものじゃない。生活全般で考えるなら」

ことこもなげに、ロウは結論づけた。

「魔法ギフトなんかより、よほど有用さ」

「ロウさま、お代わりのパンです」

「ありがとうございます。あ、スープもお願いできますか？　大盛りで」

「はい、ただいま」

ミユリは目を輝かせた。

「父さま。そのことを明日、キャティに伝えてもいいですか？」

「もちろん」

マリエーテも、そして給仕を務めるタエとプリエも、嬉しそうにミユリの様子を見つめている。

食事が終わると、ロウはメイドたちに注文をつけた。

「明日から、俺の食事の量を増やしてもらえませんか？」

「どれくらいにいたしましょうか」

「三倍で」

「さん、ばい？」

「はい。お願いします」

メイドたちが帰宅し、マリエーテとミユリがそれぞれの部屋に戻ると、その機会を窺《うかが》っていたかのようにシズがロウに近づき、用件を伝えた。

「ロウさま。今後のことで、ご相談したいことがあるのですが。できれば、個室で——」

ふむとロウは考え込んだ。

「では、子供たちが寝静まってから、俺の部屋に来てください。それでいいですか？」

「結構です」

実のところ、〝レベルアップの儀〟が終わってから、シズはずっと爆発しそうな感情を堪えていた。

この男は、大勢の客人が集まる観覧席で、自分のことをミユリの父親だと宣言したのだ。それだけならば聞き違いで通せたかもしれないが、ミユリもまたロウのことを「父さま」と呼んだ。

これはもう致命的である。

覚悟を決めて、シズはロウの部屋の扉をノックした。

「——あ、ちょっと待ってください」

やや時間を置いてから、扉が開かれた。

「やあ、シズさん。こちらへどうぞ」

まるで貼り付けたような笑みを浮かべながら、ロウがテーブルへと案内する。

「いえ、ここで結構です」

一瞬たりとも気を緩めるつもりはない。

「ロウさま」

これまで溜め込んでいた怒りを吐き出すかのように、シズはロウを詰問した。

教団の公式見解では、大地母神《ギャラティカ》の〝巫女《みこ》〟であるユイカが女神の化身となり、処女受胎《しょじょじゅたい》して〝神子《みこ》〟であるミユリを授かったということになっている。

ミユリは女神の子であり、父親など存在しないということだ。

ゆえにシズはロウに、ミユリの父親であることを公の場で公開しないようにと、強く申し伝えていた。

「そして、あなたは了承したはずです」

「ですね」

ロウは悪びれた様子もなく、頭をかいた。

「ミユリが少し緊張しているみたいだったので、ついうっかり。いや、すみません」

「うっかりで済む問題ではありません！」

この男が目覚めてから、何もかもが変わってしまった。

ミユリは神秘性をなくし、マリエーテは完全に取り込まれ、タエとプリエまでもこの男を歓迎する態度を見せるようになった。

たった数日で。

この男のひととなりを知るために、ピクニックなど行うべきではなかった。

最初から、自分の直感に従うべきだった。

「あなたは神子《みこ》さまの父親として、ふさわしくないと断じざるを得ません」

シズは事前に検討していた中でも、もっとも重い処置をとることにした。

「あなたには、この屋敷から出ていっていただきます」

もちろん無一文で放り出すわけではない。優秀な執事である彼女は、すでに丘区にある物件に目《め》処《ど》をつけていた。当面の生活費についても計算済みだ。

運び出す荷物は、シェルパの背負鞄《リュック》と不気味な外套《ローブ》と髑髏《どくろ》の仮面、そして身の丈を超えるほどの巨大な鉄板《グレートソード》くらいのもの。

「あなたに拒否する権利はありません。そもそも、あなたがミユリさまのまことの父親だという証拠など、どこにもないのですから」

その時、勢いよく扉が開いた。

寝室の出入り口ではない。それは室内に備えつけられていたクローゼットの扉だった。

中から飛び出してきたのは、ミユリとマリエーテだった。

何が起きたのか、一瞬シズは理解することができなかった。

このふたりには絶対に聞かせられない話だから、個室を指定したはずなのに、なぜここに――

「…………」

ミユリは、これまでシズが一度も見たことのない険しい表情をしていた。一方のマリエーテは、いつも以上にぞっとするほど冷たい眼差《まなざ》しを向けてくる。

「父さまは――」

シズは知らなかった。

このふたりが、毎晩のようにロウの部屋に来ては昔話をねだり、いっしょに寝ていたということを。そしてシズがこの部屋の扉をノックした時に、慌ててクローゼットの中にその身を隠していたことを。

「僕の、父さまです！」

母親そっくりな黒曜石の瞳に涙を浮かべながら、ミユリは叫んだ。

その肩に、マリエーテが手を置いた。

「ミュウ、いこっ」

「で、でも。姉さま」

「お兄ちゃんが出ていくなら、私たちもいっしょに出ていけばいい。そうでしょ？」

ミユリははっとした。

「は、はい」

「こんな屋敷《とこ》、いる必要ない」

マリエーテはミユリの手を取ると、寝室から出ていった。

あとに残されたのは、ただ呆然と立ち尽くすシズと、困ったように肩を竦《すく》めたロウである。

「やれやれ、まいりましたね。まさかこういうお話だったとは。すみません」

「い、いえ」

ほとんど無意識のうちに、シズは返事をしていた。

「心配はいりませんよ。ふたりには明日、俺から話をしておきますから。当然のことですが、シズさんにも教団としての立場がある。それに〝レベルアップの儀〟で口走ってしまった俺にも責任はあります。そのことを伝えて、その上でシズさんに謝ってもらえれば、きっとふたりは分かってくれるはずです」

「は、はい」

まるで救いの神のような笑顔で、ロウは頷いた。

「誰にだってうっかりはあります。あとのことは俺に任せて、今日は休んでください。決してわるいようにはしませんから」

「あ、ありがとう、ございます」

動揺のあまり、屋敷を追い出そうとしていた相手に向かって、シズは頭を下げていた。

(10)

大地母神教の総本山であるマロール大神殿は、太陽城の隣にある。限られた敷地《しきち》であるために建物の大きさはそれほどではない。大神殿と呼ばれているのは、格づけのためだ。

この神殿には、大司教と四人の枢機卿《すうききょう》が聖務に就いている。教団の最高責任者である教皇は国王が兼ねているため、実質的には大司教がトップである。ただし今の大司教は高齢の身であり、実務的には四人の枢機卿が教団の運営を取り仕切っていた。

その中のひとり、ヨハネス枢機卿は五十代半ばの男で、神殿長を兼務していた。おもに布教や献金活動に才能を発揮しており、一時期は過去最大の信者数と献金額を更新する勢いだった。

しかしここ数年、教団の勢いには陰りが見えていた。

原因はただひとつ。

今から八年前、教団の象徴たる巫女——黒姫と呼ばれ、信徒たちから崇《あが》め奉られていたユイカを失ったためである。

ユイカは冒険者としても一流だったが、それ以上に教団にとって価値ある存在だった。

彼女が教団の聖事《イベント》に姿を現すだけで、参加者の桁が増える。また、王侯貴族たちの覚えもめでたく、大口の献金もじゃかじゃか入ってきた。

だというのに、ユイカを失ってからは年を経るごとに予算は縮小し、経費削減に頭を悩ませる毎日である。

しかし、ヨハネスには希望があった。

ユイカが残した子、ミユリである。

母親の美貌をそのまま受け継ぎ、さらに柔和さを注《そそ》ぎ込んだかのような十歳の美少年だ。専属の執事による情操教育により、母親とは違って素直で受動的な精神を育んでいるはず、であった。

だがしかし。

神子《みこ》の教育係であるシズの報告を聞いたヨハネスは、希望の光が途絶え、絶望の闇が広がる様子を垣間見《かいまみ》ることになった。

「は、反抗期、ということではないのかね？　ほれ、神子《みこ》さまも、一応は、男《お》の子。成長の過程として、一度は育ての親に逆らってみたくなるもの。そうであろう？」

執務室のソファーでかしこまっていたシズは、沈痛な面持ちで否定した。

「いえ。突発的な感情の発露ではないと思われます。理性的に、拒絶されました。申し訳ございません」

「き――――」

貴様は、何をしていたのだ！

そう叫びたくなるのを、ぎりぎりのところでヨハネスは堪えた。

シズはおもに実務面において優秀な聖職者であり、助祭の地位を得ている。企画力も実行力もある。何よりも彼女は自らの職務に忠実だった。

今回の件も隠そうと思えば隠すことができたはずなのに、すべてを包み隠さず報告した。

ここは寛容の精神を見せることが枢機卿たる者の度量であろうと、ヨハネスは考えたのである。

「それで？　謝罪は成《な》ったのであろうな？」

「は、はい」

言いづらそうに、シズは言葉を続けた。

「ロウさまの、取り成しのおかげで」

「あの男か」

ヨハネスは微妙な顔をした。

シズの話では、ミユリの父親とされる青年――ロウをミユリから引き離そうとして、失敗したらしい。

親子の絆《きずな》というものは予想以上に強く、これまで見せたことのない強固な態度で、ミユリはシズに、つまりは教団の方針に反発した。

場合によっては屋敷を出て、家族で生きていくのだという。

聞くところによれば、ロウは迷宮道先案内人《ダンジョン・シェルパ》であり、生計を立てることは不可能ではない。

そのことに気づき、ヨハネスは真っ青になった。

「いかん、いかんぞ。我々は一度失敗しているのだ。仮に、神子《みこ》さままで失うことになれば――」

さすがに献金のあてがなくなるとは言えなかった。

「王国中の信徒たちの希望が失われ、この世は、深い悲しみの雲に覆われることであろう」

ユイカの後継者作りに、教団は一度失敗している。

三年ほど前、ヨハネスはマリエーテを妹《いもうと》巫女《みこ》として大々的に売り出そうと企画したのだが、「冒険者になるから、絶対にいや！」と、本人から拒絶されてしまったのだ。

その時はまだミユリがいるからと諦めたのだが、今回ばかりは想定外の事態であった。

怒鳴りつけたくなる心情を堪えつつ、ヨハネスは冷たい声を突きつけた。

「シズ助祭。失態続きだな」

「申し訳、ございません」

マリエーテは素直な子供だと聞いていたのに、取り込むことに失敗した。ミユリの冒険者育成学校《アカデミー》への進学にしてもそうだ。冒険者として有用な恩恵《ギフト》を取得できる可能性は低い。あえて〝レベルアップの儀〟を行わせて、冒険者への道を完全に閉ざさせたほうが後顧の憂いを断つことになると説得され、入学を認めた。

しかし結果はどうか。ミユリは攻撃系のアクティブギフトを取得したというではないか。

そして極めつけは、今回の事態である。

「なんとしても神子《みこ》さまを説得しなくてはならん。そもそも、養育や教育、それに生活にかかる費用のすべてを援助したのは、我々なのだぞ」

少なくとも母親であるユイカは、そのことに恩義を感じて、教団の事業に協力してくれた。もっともそれは、先代の神殿長――現大司教に対する恩義が大きかったようだが。

だからこそヨハネスは、マリエーテやミユリに対して、惜しみない援助を与えたのである。

将来の自由を、縛るために。

「ですが、ヨハネスさま。私はあくまでも後見人に過ぎません。父親であるロウさまが現れたからには、立場を失います。それに、黒姫さま個人が残された財産を考慮するならば、教団の支援などなくても、十分に生活は成り立っていたはず」

「だまらっしゃい！」

身勝手な投資が意味をなくした事実を冷静な口調で指摘され、とうとうヨハネスは怒声を発した。

ぜいぜいと息を整えながら、心を落ち着かせる。

「シズ助祭。君の任を解く」

「――っ！」

冷静沈着なはずのシズが、顔を青ざめさせた。

「長年石化していたとはいえ、あの男――ロウ殿の身体と精神は二十歳そこそこの若者。それに、なかなかに行動力もあるようだ。血気盛んな若者がいる屋敷に、独り身の君を住まわせるわけにはいかないだろう？」

シズは反論することができなかった。

それ以前に、茫然自失《ぼうぜんじしつ》となっていた。

叱責されることは覚悟していたが、まさか自分がミユリから引き離されることになろうとは考えてもいなかったのである。

ゆえに彼女は、自分の報告以上にヨハネスがロウについての情報を得ていたことに対して、疑念を抱くことができなかった。

その時、執務室の扉がノックされ、シズの知る人物が入ってきた。

「ヨハネス枢機卿、参上いたしました」

「おお、ヌーク殿。待っておったぞ」

浅黒い肌に強面《こわもて》の無表情。かつての〝宵闇《よいやみ》の剣《つるぎ》〟のメンバーであり、今は王都の冒険者ギルドのギルド長を務めているヌークだった。

シズがいたことに、ヌークは意外そうな顔をした。

「例の、攻略組族《クラン》の件だがな」

「はい。実は、先方に粘られまして。度を越した要求はのめないと突っぱねたのですが。もう一度検討してほしいと」

「いや、よいのだ。条件を認めてやってもよい。だが、ひとつ条件があってな」

ヨハネスはヌークをソファーへと案内した。その途中で、ふと気づいたようにシズに目を向けた。

「ああ、シズ助祭」

ヨハネスは言った。

「辞令は後日交付する。それまでは余計なことをせず、自宅で待機しているように」

「は、はい」

「まったく。君のおかげで大幅な譲歩が必要になったぞ」

言われるがままに執務室を出たシズは、意識しないままに屋敷へと向かっていた。

これから荷物をまとめなくてはならない。

いや、そんなことよりも。

自分のすべてをかけて育て上げたミユリと引き離されるという事実を、シズはいまだに受け入れることができなかった。

それは、ユイカとの関係を完全に断ち切られるということでもあった。

「黒姫さま……」

シズは十五歳の時、同年代の同性の世話役ということで、ユイカの執事に抜擢された。

出会いの日は今でも鮮明に覚えている。

圧倒的な美貌と存在感に目を奪われた。

『私は、この世のすべての迷宮を踏破《クリア》するつもりだ。だから、君の力を私に捧げてほしい』

それが、自分と同じ十五歳の少女の第一声だった。

捧げろと言われても、何をすればよいのか。

正直、従順な執事とは言い難かったかもしれない。しかし〝宵闇《よいやみ》の剣《つるぎ》〟の――ユイカの名声を高めるために、シズはあらゆる努力を惜しまなかった。

ユイカが〝東の勇者〟の地位についても、〝巫女〟として圧倒的な人気を博しても、シズは気を緩めなかった。

黒姫さまの目標は、遥かな高みにある。

この国のすべての人々を救うという、大きな使命を受けていらっしゃるのだ。

しかし、ユイカはいなくなった。

そしてユイカの血を受け継ぐミユリとも仲違《なかたが》いをしてしまった。

ユイカを失った時よりも喪失感が小さいことに、シズは気づいていた。

いくら似ていたとしても、ミユリはユイカではない。

その事実にシズは気づいたのである。

ミユリの冒険者育成学校《アカデミー》への入学を認めたのも、おそらくは無自覚のうちに、少しでもユイカへ近づいてほしいと考えたから。

自分は、ミユリをユイカの代替品《みがわり》として——

「……嫌われて、当然ですね」

虚《うつ》ろな視線を落としながら屋敷に入ろうとすると、玄関から出てくる中年太りの男と出会った。

「これは、シズさま」

教団が懇意にしている不動産屋である。

ロウを追い出した先の住まいを探す時にも、シズはこの不動産屋に依頼していた。

しかし今日は彼を呼んだ覚えはない。

「実は、こちらのご主人からお呼びがかかりましてね。何しろ大きな物件を探しているのだとか。いや、ぜひとも協力させていただきます、はい」

不動産屋が立ち去ると、シズはしばし呆然と立ち尽くし、それから両手の拳をぎゅっと握りしめた。

凍りついた心の奥底から、どす黒い怒りの炎が生まれてくる。

あのおさげが、自分からすべてを奪った。

ミユリも、マリエーテも、メイドたちの信頼も、そして——

「ロウさま！」

屋敷に入ったシズは、玄関でマリエーテと立ち話をしているロウを見つけた。

「やあ、シズさん。おかえりなさい」

のん気な挨拶を無視して、シズは詰問した。

「いったい、どういうことですか」

「どうとは？」

「先ほどの、不動産屋です！」

「ああ」

まるで悪戯《いたずら》がバレた少年のように、ロウは頭をかいた。

「ちょっと、新しい仕事場が必要になりまして」

「余計なことをしないで！」

頭の片隅では、もはや手遅れであることをシズは理解していた。

ロウはマリエーテとミユリを連れて、この屋敷を出ていくつもりなのだ。

教団との繋がりが切れてしまえば、もう二度とミユリと会うことはできなくなる。

「私から――」

涙を流しながら、シズは叫んでいた。

「黒姫さまを、奪わないでっ！」

彼女の面影を。

彼女との繋がりを。

あまりの剣幕と大声に驚いたのか、メイドのタエとプリエがやってきた。

息苦しいほどの沈黙の中、マリエーテが気遣わしげに声をかけようとする。

その行為を、ロウが制した。

「シズさん」

ロウは笑っていなかった。

これが、男の本性なのだろう。

ロウはシズの肩に手を置き、耳元に顔を近づけると、囁くような声で宣言した。

「俺は、自分の目的のために必要なものは、必ず手に入れます。たとえ——どんな手を使ってでも」

シズは膝から崩れ落ちた。

(11)

数日後、シズは私物をまとめて住み慣れた屋敷を出ることになった。

その間、彼女はほとんど自室から出なかった。ひとり部屋にこもって、引き継ぎの資料を作成していたのである。

自分の後任はまだ決まっていない。しかし、これまで溜め込んできたミユリの情報や今後予定していたデビュー計画などを残しておかなくてはならないと考えたからだ。もはや必要のないものなのかもしれないが。

シズは手提げ鞄をひとつ持って自室を出た。本や仕事道具などの重い荷物は、後日業者に運び出させる予定である。

ミユリやメイドたちに挨拶をしようとしたところで、初めてシズは気づいた。

今日出ていくことを、誰にも伝えていなかったことを。

屋敷の中はしんと静まり返っていた。

「タエさん？」

食堂には誰もいない。

休憩室を覗いてみる。

「プリエ？」

もいない。

ロウ、マリエーテ、ミユリの部屋も訪ねたが、誰もいなかった。

シズは訝《いぶか》しく思った。

今日は休息日である。冒険者育成学校《アカデミー》も休みのはず。みんなでどこかへ出かけたのだろうか。

シズの管理下であれば、そのような勝手は許されなかった。

誰もが諦めたように従う他なかった。

ロウが来てからこの屋敷は——おそらくよい方向に変わったのだろうと、シズは素直に認めることができた。

自分が管理していた時には、屋敷内の雰囲気は緊迫した空気と重苦しい沈黙で包まれていたように思う。

ミユリは教団の象徴となるべき尊きお方。崇め奉られることはあっても、同等の友人として接してくる者などいない。そんな現実に慣れさせるためにも、砕けた雰囲気を形作ることなどできなかった。

だが、父親であれば別である。

最近、食事の時にミユリが楽しそうに話す機会が増えたように思う。

ロウが学校での様子を聞き、ミユリは母親の話や迷宮での冒険話を聞きたがる。そこにマリエーテとメイドたちとも加わって、冗談を言い合ったり、互いに笑い合ったりする。

普段であれば食事を終えるとすぐに子供たちは自室へと戻り、タエとプリエは帰り支度を済ませるのだが、食後のお茶が出て、談笑が続くようになった。

まるで、ごく普通の家庭のように。

がらんとした屋敷の様子を見渡しながら、シズは自嘲した。

これが結果だと思った。

仮にロウが復活していなかったとしても、おそらく――いずれは破綻していたのだろう。

自分は過ちを犯し、そのことに気づいてさえいなかった。

見送る者のいない別れ。

愚かな自分には、ふさわしい最後なのかもしれない。

シズは屋敷を出た。

外は皮肉なほどよい天気だった。植木には水をやった形跡があった。まだ葉の上に雫《しずく》が残っており、きらきらと輝いている。

シズの鞄の中には、一通の辞令が入っていた。

そこには彼女の新たな異動先が記されていた。

とあるクランの支援をせよとのことである。住み込みで働くことができるらしい。

攻略組族《クラン》とは、組隊《パーティ》をさらに拡張した組織のことだ。

代表を据え、拠点を構える。支援要員が雑務や事務作業などを行い、冒険者たちは迷宮攻略に専念する。

それは、大きな支援者《パトロン》がついていなくては維持できない組織形態でもあった。まともに収支が成り立つクランなどなかったはず。

おそらくは教団に多大なる貢献《きふ》をした家の者がクランを立ち上げ、教団に支援を要請したのだろうとシズは勝手に想像していた。

クランの名は、〝暁《あかつき》の鞘《さや》〟というらしい。

類似商標《パクリ》だと、シズは思った。

〝宵闇《よいやみ》の剣《つるぎ》〟が解散してから数年が経過しているが、その活躍は冒険者たちの間で伝説として語り継がれている。

ようするに、勇名にあやかろうというのだ。

〝暁《あかつき》の鞘《さや》〟の活動の拠点となる本部は、空区の外れにあった。立派な石垣に囲まれた三階建ての屋敷である。無用心なことに、鉄格子の門とその先の玄関の扉は開け放たれていた。

かすかな物音とひとの声が聞こえた。

意を決して中に入ると、玄関にミユリがいた。

白いエプロンと頭巾をして、箒《ほうき》を手にしている。庶民的な格好だが、この子が身につけると妖精の式衣装《ドレス》のようにも見える。箒はさながら魔法の杖《ステッキ》か。

ぼんやりと、シズはそんな感想を抱いた。

「あ、シズさん。いらっしゃい」

ミユリはにこりと微笑んだ。

「先に出てしまってすみませんでした。テーブルの上に置き手紙を残してきたのですが、見つけられたんですね」

「え、あ――いいえ」

あまりにも自然な応対に頭がついていかない。

「父《とう》さま、マリン姉《ねえ》さま、シズさんがいらっしゃいました！」

ロウとマリエーテがやってきた。ふたりともミユリと同じような格好である。

まるで大掃除でもしているかのような。

二階から、タエとプリエも下りてくる。

自分が仕えるべき主――神子《みこ》の父親に対して暴言を吐くという、執事としてあるまじき失態を犯してから、シズは彼らとほとんど話をしていなかった。

「いったいこれは、どういう……」

認識が現実に追いつかない。

口を開いたのはマリエーテだった。

「シズ、お姉ちゃん」

ずいぶんと懐かしい響きにシズは驚いた。

ユイカに連れられてこの屋敷にきたころのマリエーテは、シズのことをそう呼んでいた。

いや、ユイカが迷宮内で行方不明になってからも、しばらくは。

そう呼ばれなくなったのは、いつだったか。

シズは思い出した。

あれは〃宵闇《よいやみ》の剣《つるぎ》〃が――ベリィがリーダーを引き継ぎ、ユイカの救出を目標に掲げて奮闘していた〃宵闇《よいやみ》の剣《つるぎ》〃が、解散した時だ。

それは、シズがユイカのことを諦めた瞬間でもあった。

そもそも迷宮内で魔物に連れ去られた時点で、ユイカの生存は絶望的だったのである。

悲劇の終章《エピローグ》が、終わっただけ。

心の整理をつけて納得するしかなかった。

だがマリエーテはひとり、頑《がん》として抵抗した。

『だいじょうぶ。私が冒険者になって、必ずユイカお姉ちゃんを助けるから。だから、シズお姉ちゃん――』

自分はなんと答えただろうか。

幼く蒙昧《もうまい》な希望をこれ以上膨らませないために、優しく諭したように思う。

黒姫さまのことは、お忘れなさいと。

それからシズはミユリの教育に全力を注ぐようになり、マリエーテと接する機会は減っていった。気づいた時にはマリエーテから名前で呼ばれることすらなくなり、ミユリの教育方針を巡って激しく対立するようになっていた。

マリエーテが変わったのは、ユイカがいなくなったからでも、精神《こころ》が成長したからでもない。

自分が、諦めてしまったから。

「お兄ちゃんが、クランを立ち上げたの。ヌークおじさまにお願いして」

そういえば、自分がヨハネス枢機卿に叱責されている時に、そのような話が出ていたような気がする。

「ユイカお姉ちゃんを、助けるために」

「黒姫、さまを……」

なんの話を、しているの？

呆然と目を見開いたシズに、マリエーテが説明した。

ユイカは魔物に時属性の魔法をかけられて、時が停止した状態で迷宮内に存在している可能性があること。

根拠はマリエーテが行使する魔法陣の類似性と、魔物自身が語った台詞。

だが、当時と比べて王都の冒険者たちの力量は落ちている。

そこで迷宮攻略に集中するために、ロウは大地母神教団の全面的な支援のもと、クランを立ち上げることにした。

「姫さまが、戻っていらっしゃる、可能性が……」

「あるのっ！」

足を踏ん張り、両手を握りしめて。

まるで幼い子供が全力で主張するかのように。

「私が。私とお兄ちゃんが、必ずユイカお姉ちゃんを助けてみせる。だから、シズお姉ちゃん
――」

あの時と同じ台詞を、マリエーテは口にした。

「私に、力を貸して！」

決して諦めない強さ。

裏切りや過ちを許す優しさ。

なんて、子……。

ユイカという心に決めた存在すら揺らぐほどの衝撃を、シズは受けた。

とっくに冷え固まったと思っていたはずの心が、頑《かたく》なに覆い隠していたはずの素直な心が、漏れ出す。

「は、はい……」

頬が、熱い。

涙が、流れているのだ。

そのことに気づき、シズは両手で顔を覆った。

柔らかな衝撃を受ける。マリエーテが抱きついてきたのだと、シズには分かった。

「マリンさま。はい。私が……」

やっとの思いで、シズは言葉を紡いだ。

「私にできることでしたら、どんなことでも」

(12)

「――というわけで、うまくおさまりました」

冒険者ギルド内、ギルド長の執務室。

ロウから報告を聞いたヌークは、苦虫を噛み潰したかのような表情でため息をついた。

「最初から黒姫さまの状況を話して、シズ殿の協力を仰げばよかったのではないか？」

「中途半端な協力関係は、後《のち》の火種になりますから」

まるで預言者のように、ロウは語った。

たとえ目的が同じでも、互いの方針の違いは容易《たやす》く埋められるものではない。いずれはシズと対立することになったはずだと。

ならば、後顧の憂いは早めに断ったほうがよい。

「だから、叩きのめしたのか？」

「ひと聞きのわるいことを言わないでください。あくまでも偶然ですよ」

ユイカを救出するためにロウが立てた計画の第一歩は、クランの立ち上げだった。

だがそのためには、資金と人材が必要である。

ロウはクランを立ち上げるための資金を算定し、ヌークを通じて大地母神教団に――その財政をあずかるヨハネス枢機卿に依頼したのだ。

一シェルパに過ぎない青年《わかぞう》のあまりにも法外な要求に、ヌークは絶対に無理だと断言した。

ユイカが〝勇者〟として活躍していた時代であれば、あるいは可能だったかもしれない。信者たちから莫大《ばくだい》な献金を受けていたからだ。しかし昨今は教団の運営も厳しくなっていて、毎年のように経費削減に苦慮している。

それゆえに、ミユリへの期待は大きい。

また、クランの人材面については、最初からシズに目をつけていたようだ。だがいくら優秀な人材であっても、こちらの言うことを聞かないのでは意味がない。

資金と人材――これらふたつの難問を、ロウは同時に解決してみせた。

ロウがどこまで計算に入れていたのか、ヌークにも推しはかることはできない。

彼が知っているのは、シズとミユリが仲違いをして教団との繫がりが切れかけたこと。ロウの取り成しにより、教団にとって最悪の事態を免れたということだけ。

ロウはヨハネスに対して、将来的にミユリが教団の聖事《イベント》に参加するよう説得することを約束した。

交換条件は、クラン立ち上げの資金援助の他に、教団の窓口としてヌークを、〟暁《あかつき》の鞘《さや》〟の支援要員としてシズを据えること、だった。

ヨハネス枢機卿の判断によりこの件は了承され、ヌークはロウに教団が懇意にしていた不動産屋を紹介し、シズには新たなる辞令が交付されることになったのである。

「しかしよいのか、ロウよ」

いくらユイカを助けるためとはいえ、息子であるミユリの将来を縛ることになるのではないか。

自分の立場や言動を棚に上げて、あえてヌークは問いかけたのである。

ロウは鼻で笑った。

「どうせ、消し飛びますよ」

「なに？」

「ユイカを助け出したら、ね？」

教団はユイカの愛息を勝手に神子《みこ》として祭り上げ、なおかつ父親であるロウの存在を抹消した。

ユイカの性格からして、ただで済むとは思えない。見て見ぬふりをしてきたヌークも危ない。

思わず渋面になったヌークに、ロウはクランの登録申請用紙を渡した。

「代表は、シズさんです」

「なんだと？」

「冒険者やシェルパには、しがらみがありますから」

パーティのリーダーがギルドに顔を出した時に捕まえて用件を切り出すのは、冒険者ギルドの常套《じょうとう》手段である。

だが相手に決定権がなければ意味がない。用があれば直接代表に、というわけだ。

もはや何も言うことができなくなったヌークは、黙って登録用紙を受け取ることにした。

これで、一応の形は整った。

「〝暁《あかつき》の鞘《さや》〟、か」

それは、登録用紙の一番上に記されたクランの名前。

〝宵闇《よいやみ》の剣《つるぎ》〟――ユイカを迎え入れるためのクラン。

「戦力的には、弱小だな」

登録されている戦闘要員はマリエーテのみ。支援要員として、シェルパのロウと、タエ、プリエ。そしてお手伝い要員のミユリ。

「ええ、今は。ですが――」

ロウは遠くを見るような目をした。

(13)

王国内の各地に存在する地下迷宮は、通路《アイル》と広間《ステージ》、そして各階層をつなぐ螺旋蛇道《スネーク》にて構成されている。その最深部にある迷宮核《めいきゅうかく》からは膨大な量の魔素が放出されていて、魔素が各階層の吹き溜まりに集まると魔核《まかく》を形成し、魔物たちが生み出されるとされていた。

ゆえに最深部に近づけば近づくほど魔素が濃くなり、大きな魔核《まかく》を持つ強い魔物が現れる。

逆に、地上に近い階層は魔素が薄く、魔物たちも弱い。

王都の無限迷宮では、地下一階層から地下二十一階層までが浅階層《せんかいそう》と呼ばれ、初級冒険者たちの活動の場となっている。

それらの階層を、まるで疾風のごとく駆け回る奇妙な男がいた。

いや、奇妙というよりも、不気味と表現したほうが正しいだろう。

男は、禍々《まがまが》しいオーラを放つ頭巾《フード》付きの漆黒の長外套《ロングコート》を身にまとい、髑髏《どくろ》を模した仮面を被《かぶ》っていた。

手にしているのは、鉄板のような分厚い巨大剣《グレートソード》。おそらく魔物用と思われる超重量の武器を、軽々と肩に担《かつ》いでいる。

通常、冒険者が迷宮探索を行う時には、目的地を定め、進行方向に魔物がいないかどうか気配を探りつつ、慎重に進んでいくもの。

だが男は、階層内を手当たり次第に、全速力で駆け回っていた。

途中、迷宮泉《オアシス》で休憩《キャンプ》することもなければ、薬草の採取場や結晶鉱石の採掘場に立ち寄ることもない。

走りながら、特殊な記号で表記されたシェルパ専用の地図を確認しつつ、せわしなく視線を周囲に巡らせる。

まるで、階層内の順路《ルート》と地形の特徴を頭の中に叩き込むかのように。

そして、

「――シッ！」

魔物の群れと遭遇すると、男は巨大剣《グレートソード》のひと振りで、文字通りなぎ倒す。

だが、魔物を殲滅《せんめつ》することはなかった。

集団《グループ》で現れたとしても二、三体は見逃すし、単独で現れた魔物などは、はなから見向きもしない。

見かけも行動も奇妙な男が無限迷宮に潜行《ダイブ》してから、どれだけの時間が過ぎただろうか。

『ギチギチ、ギィギィ！』

群れの大半を失い、怯えたように逃げていく二体の妖魔精《ピッキー》を追い払うと、男はようやくその足を止め、巨大剣《グレートソード》を地面に突き刺した。

周囲を見渡して誰もいないことを確認してから、髑髏《どくろ》の仮面を外して扇のように顔を煽ぐ。

時刻は、およそ夜明け前。

間もなく迷宮門が開門する時間だ。

「……今日は、歓迎会だっけ？」

再び髑髏《どくろ》の仮面を被ると、男はひとつ息をついた。

「ほどほどで、すめばいいけれど」

それは呼吸を整えるためのものではなく、よほど深刻そうなため息だった。


夕暮れ時。

まるで何事もなかったかのようなしっかりとした足取りで、ロウはクラン〝暁《あかつき》の鞘《さや》〟の本部へと戻った。

空区の外れにあり、立派な石壁に囲まれている。建物は三階建てで、個室は十以上ある。もとは教団関係者の宿泊施設《ホテル》だったが、経費削減のために売りに出されたものの買い手がつかず、半ば放置状態となっていたらしい。

「お兄ちゃん、お帰り！」

「父さま、おかえりなさい」

吹き抜けのロビーの隣にある食堂から、マリエーテとミユリが飛び出してきた。

「ふたりとも、屋内で走ってはいけません。常日ごろから、節度を保った行動を――」

続いて、シズ。

「おやまあ、お早いお帰りでしたね」

「歓迎会はどうされたんですかぁ？」

タエとプリエもやってくる。

「先輩方が気を遣ってくれたみたいで。途中で帰してくれました」

今日は案内人ギルドでロウの歓迎会が催された。

酒豪ぞろいのシェルパたちが新入りに気を遣うはずもなく、実際のところは、朝方から飲み出して夕方近くにようやくお開きとなり、ふらふらになったロウは帰宅途中に治療院に立ち寄って〝浄化《じょうか》〟の魔法をかけてもらったわけだが、大人の醜態を子供に知らせる必要はない。

ちょうどよい高さにあるミユリの頭を撫でる。対抗意識を燃やしたのかマリエーテも頭を差し出してきたので、こちらも撫でてやる。

「食事はもう済んだのかい？」

「いいえ、まだです」

「お兄ちゃんを待ってたの！」

「そうか。さすがにお腹《なか》がいっぱいだけど、お茶くらいはもらおうかな」

拠点を移してから約ひと月。屋敷の改修や引っ越し、そしてクランの立ち上げの手続きなどに追われていたが、ようやく落ち着いてきたところだ。

食堂は広く、テーブルも大きい。妹と息子の食事風景を見守りつつ、ロウは今後の予定を話した。

「今度、初級シェルパの実地研修があります」

指導員の先輩シェルパを冒険者に見立てて、ロウが地下一階層を案内するのだという。

シズが問いかけてくる。

「あなたはタイロスの案内人ギルドで上級シェルパをなされていたのでしょう。特例措置として、そういった研修は免除されるのでは？」

「こちらが意思表示をすれば、中級シェルパから始めることもできましたが、断りました」

「なぜ？」

「まあ、大人の事情ってやつです」

苦笑しつつロウは説明した。

住民登録上、三十歳を超えているロウだが、肉体年齢は二十代の前半である。いくら経験者とはいえ、よそ者の若造がいきなり特例措置を使っては同僚のシェルパたちもよくは思わないだろう。やっかまれたり絡まれたりする状況は避けたい。

「それに、中級シェルパへの昇格条件はそれほど厳しくはありません」

その条件とは、十回以上の迷宮探索および地下二十階層への到達、そして冒険者からの指名回数が五回以上。

つまり、マリエーテが潜行《ダイブ》するたびにロウを指名し続ければ、比較的容易に達成することが可能だ。

「指名料金も回収できますから、効率もいい」

熱心に頷いているマリエーテとミユリを見て、シズは渋面になった。情操教育上、子供たちに聞かせるにはよろしくない話だと考えたのだろう。

「事情は分かりました」

こほんと咳払いをして、話題を変える。

「それで、ロウ」

今のシズはマリエーテとミユリの後見人ではない。クラン〝暁《あかつき》の鞘《さや》〟の代表という立場である。

今後、他の冒険者たちを招き入れることも考え、呼び方や話し方やついても改めることになった。

「今後の〝暁《あかつき》の鞘《さや》〟の方針は、どうしますか？」

目標は定めた。拠点も作った。

もはや、行動すべき時である。

どのようにして他のメンバーを集めるのか。マリエーテの育成をどうするのか。短期的な行動計画について、シズはクランの実質的な責任者であるロウに尋ねたのだ。

ロウはひとつ頷くと、固唾をのんで見守っている妹のほうを見た。

「まずは、マリンに働いてもらおうと考えています」

マリエーテは瞳を輝かせた。

冒険者育成学校《アカデミー》を卒業し、冒険者ギルドに登録したマリエーテだったが、まだ一度も無限迷宮に潜行《ダイブ》していない。

兄の準備が整うのを、彼女はずっと心待ちにしていたのである。

「私、がんばる！」

気合を込めて、マリエーテはぎゅっと拳を握りしめた。

「お兄ちゃんといっしょにいっぱい潜行《ダイブ》して、たくさん魔物を倒して、そして――」

「……そして。この時わたくしは、母なる大地母神《ギャラティカ》さまに聖なる誓いを立てたのです。この身をもって無限迷宮に分け入り、必ずや悪しき魔神を、黒姫お姉さまの仇《かたき》を、討つのだと」

マロール大神殿の礼拝堂は、格式を高めるために贅《ぜい》を凝らした装飾品で覆い尽くされている。演出効果を狙ってのことか、シャンデリアや飾りランプが眩《まぶ》しいくらいに輝いていた。

荘厳かつ厳粛な空気の中、壇上で原稿を読み上げているのは、清楚《せいそ》な白い式衣装《ドレス》に身を包んだ可《か》憐《れん》な少女だった。

マリエーテである。

まるで魂が抜け落ちたかのような無表情だったが、それがかえって神秘的な雰囲気を醸し出している、といえなくもない。

「親愛なる兄弟姉妹の皆さま。本日は、わたくしの旅立ちの日にお集まりいただき、まことにありがとうございました。敬虔《けいけん》なる大地母神教の信徒たる皆さまに、女神のご加護があらんことを」

完全に棒読みの演説を終えて、ぺこりとお辞儀をすると、タイミングよく柱の陰にいた謎の人物が大声を発した。

「〝妹巫女《いもうとみこ》〟さまに、幸あれ！」

別の柱からもうひと声。

「〝妹巫女〟さま、ばんざい！」

それらの声に促されるように、礼拝堂に集まった百人以上もの人々の間に拍手と歓声が湧き起こった。

満面の笑みを浮かべたヨハネス枢機卿と十数人の聖歌隊が壇上へ上がってくる。

清らかな弦楽器《リュート》の音色とともに、美しい歌声が礼拝堂を満たした。

マリエーテの隣に立った枢機卿は、朗々たる声で締めくくりの言葉を発した。

「今宵《こよい》、大神殿にお集まりいただいた敬虔なる信徒の皆さま。我らが愛すべき〝妹巫女〟マリエーテは、冒険者として旅立ちまする。険しき道ゆえ、数多くの試練が待ち受けていることでしょう。しかし彼女もまた、大地母神の強い加護を受ける身。弱冠十五歳でありながら、すでに二属性《デュアル》の魔法ギフトを授かっているのですから」

聴衆から「おおっ」と、感嘆の吐息が漏れた。

「ですが、彼女は幼くか弱き身でもあります。茨の道を歩く足を少しでも軽くするためには、皆さまの清らかなご支援が必要となるでしょう。そこで――」

枢機卿は礼拝堂の奥にあるカウンターを指し示した。

「あちらの寄進《きしん》受付にて、係の者が待機しております。悪しき魔を倒すため、どうか皆さまの信仰をお捧げください。ある一定以上の、尊き信仰を捧げた方には、もれなく〝妹巫女〟による祝福が授けられることでしょう」

ある一定以上とは、具体的には金貨十枚である。贅沢《ぜいたく》をしなければ、王都でも半年くらいは生活できる大金だ。

だが、今回大神殿の礼拝堂に集まったのは、おもに上流階級に属する人々だった。

このような大規模な聖事《イベント》は、〝黒姫〟と呼ばれ親しまれたユイカを失って以来、約八年ぶりのことであり、また迷宮攻略が後退しつつあることによる不安感――〝終焉《ヌル》〟の思想が高まっていることも相まって、多くの信者たちが寄進受付に列をなした。

「大口の寄付をご希望の方は、こちらの列にお並びください。〝妹巫女〟さまより直々に祝福を授かることができます！　また別室では、所得控除や遺産相続についてのご相談も承《うけたまわ》っております」

「こちらの聖品《せいひん》物販コーナーでは、〝妹巫女〟さまが黒姫さまへの想《おも》いを綴《つづ》られた詩集、〝敬愛するお姉さまへ〟を販売しております。ぜひお買い求めを！」

「本日は〝妹巫女の旅立ち〟にご参加いただきまして、まことにありがとうございます。次回の聖《せい》事《じ》〝妹巫女の夕べ〟は、二日後、モーリス神殿の〝祝福の間〟にて行われます。案内チラシをお持ち帰りください！」

見習いの牧師や修道女たちが、大声を張り上げながら裕福な信者たちを誘導する。

人々の動きはめまぐるしい。シャンデリアや飾りランプの光を受けて、信者たちが身につけている貴金属がきらきらと輝いている。

遠くのほうに響いているのは聖歌隊による合唱の声。誰も注目していないのにまだ歌っているようだ。

そんな喧騒《けんそう》の中、清楚な式衣装《ドレス》に身を包んだマリエーテは、頭《こうべ》を垂れる信者に手をかざしながら、無感動に同じ言葉を繰り返していた。

「おありがとうございます。敬虔なる信徒さまに、大地母神《ギャラティカ》のご加護があらんことを。おありがとうございます。敬虔なる信徒さまに、大地母神《ギャラティカ》のご加護があらんことを……」

「黒姫さまとの別れの件《くだり》ですが、あそこは、もう少し悲しみの感情を込めながら語ってください。時おりひと呼吸置くのも効果的でしょう」

心身ともに消耗しきったマリエーテは、控え室の椅子に座りながらシズの助言《アドバイス》を聞き流していた。

「マリン、聞いていますか?」

「……て、ない」

マリエーテは椅子の肘かけを叩いた。

「旅立ってない!」

何が〝妹巫女の旅立ち〟だと、マリエーテは不満を露わにした。

クランを立ち上げ、ようやく無限迷宮に潜行《ダイブ》できると考えていたのに、彼女が兄から頼まれた仕事は、まさかの資金集めだった。

かつて教団の象徴《シンボル》であるユイカを失った後、ヨハネス枢機卿はマリエーテを〝妹巫女〟としてユイカの後継者に据え、教団の資金繰りを回復させようと試みたことがあった。

冒険者を志していたマリエーテが拒否したことで、計画は頓挫《とんざ》したわけだが、この話を知ったロウが、ヌークを通じてヨハネス枢機卿に〝妹巫女〟の復活を提案したのである。

見返りは、〝暁《あかつき》の鞘《さや》〟へのさらなる資金援助だった。

独自の企画として行事《イベント》を開催し、〝暁《あかつき》の鞘《さや》〟へ直接寄付を受け付けることも可能だが、それでは経費も労力もかかる。

しかし教団と組めば、互いにメリットがある。

会場の運営などは教団が行い、マリエーテが偶像《アイドル》となり、信者を集めるのだ。

敬愛する義姉《あね》の死を背負った妹巫女が、果敢にも迷宮に潜行《ダイブ》して、その仇を討つという脚本《シナリオ》は、人々の関心と同情心を引きつけるはず。

野心溢《あふ》れるヨハネス枢機卿は、この話に飛びついた。

迷宮探索には金がかかる。しかもクランを運用しなければならない。兄の要求はもっともだと納得したマリエーテだったが、これほどまでに虚無《きょむ》的な仕事だとは思わなかった。

演説中は好奇な視線が集中するし、心のこもっていない祝福には罪悪感すら覚えるし、義姉《あね》への想いを綴った詩集など書いた覚えもない。

世の中の裏側に足を踏み入れてしまったようで、例えようのない気分になる。

「マリン。やると決めたからには、泣き言は許しませんよ？」

「……うっ」

冷徹な管理者《マネージャー》の顔となったシズの迫力に、マリエーテは気圧《けお》された。

「シズお姉ちゃん、厳しい」

幼いわがままをぶつけると、シズはわずかに口元を緩めた。

「黒姫さまも、このような聖事をこなしながら迷宮探索を続けていたのです」

「ユイカお姉ちゃんも？」

「ええ。あなたも、同じ道をたどっているのです。自信をお持ちなさい」

わずかに気力を回復させたマリエーテだったが、今後のスケジュールを聞いて挫《くじ》けそうになった。

「明日の夜、冒険者ギルドの支援者《パトロン》たちとの会食があります。〝暁《あかつき》の鞘《さや》〟への直接的な支援の話が出るかもしれませんが、これは断ってください。教団を通じて援助していただくよう誘導します。

また、次の聖事〝妹巫女の夕べ〟は、二日後、モーリス神殿にて執り行われます。演説用の原稿が用意してありますので、今日明日中に暗記するように。ここでは、旅立ちに向けての抱負を語りますので、明るくさわやかな笑顔を心がけ……」

(14)

心をすり減らしながら妹が集めた資金を、その兄は湯水のごとく使っていた。

広大な地下室に、魔物の仮面を被った人々がひしめき合っている。周囲は薄暗く、熱気があり、感嘆の声が飛び交っていた。

やや明るい壇上では、派手な道化師《ピエロ》の仮面を被った司会進行役が、身振り手振りを交えながら様々な商品を説明していた。

そこは、競売《オークション》会場だった。

全員が魔物の仮面を被っていることから、落札者が知られない様式となっている。

「さて。次なる商品《ロット》は、こちらです」

ガラス瓶に入った血のような液体が、台車《ワゴン》に載って運ばれてきた。

「伝説級の魔物、水毒蛇《ヒュドラ》の成果品《ドロップアイテム》、〝天使の毒〟！」

ざわりと、客席がざわめいた。

「水毒蛇《ヒュドラ》は、かの無限迷宮の地下五十階層に棲《す》まうとされる幻の魔物《モンスター》です。成果品《ドロップアイテム》は液体であるがゆえに、回収することが極めて難しい。その効果はぁ～」

会場を煽《あお》っていた道化師の司会者が、急に声のトーンを落とした。

「寿命の、延長ぅ」

再び明るい声に戻って、

「しかしこの薬、毒でもありますゆえご注意ください。確実に助かるとは言い切れませんが、生き残った方には素敵なプレゼント。隠しパラメータの中にあるという〝寿命〟の値が〝一〟上昇致します。時の権力者たちがこぞって買い求め、争いまで発生したことから、品物辞典《アイテム・リブロ》からも削除されかけた、いわく付きの逸品《いっぴん》。さあ、天使はあなたに微笑み、死神を遠ざけるのか。紳士淑女の皆さま。ご参加あれ！」

薄暗い客席に光の線が動き出す。それは小さな棒付きのリボンで、光苔《ひかりごけ》から抽出した液体が染み込ませてある。光るリボンの動かし方で、落札額を司会者に伝えるのだ。

「始まりは、金貨四十枚から。さあ、来た。〝天使猿《トリッキーモンキー》〟さんから四十三。まだまだ上がりそうだ。四十四、四十七。さあ切りのよい数字、五十がきた。他にいませんか？　おっと出た。そちらの〝黒曜狼《ダークファング》〟さん、六十！」

客席の隅のほうに座っていたふたりの男は、その争いに加わらなかった。

「なんとも微妙な効果ですねぇ」

髑髏《どくろ》の仮面を被ったロウが、呆《あき》れたような感想を漏らした。

隠しパラメータを参照する〝神眼《しんがん》〟のギフトは実在するが、今現在、所有している者はいないはず。寿命の値が一伸びたとしても、確認することはできない。大往生《だいおうじょう》する直前に飲めば、あるいは実証できるかもしれないが、弱りきった身体では毒に耐えられないだろう。死ぬ可能性と実感できない寿命の向上を、はたして天秤《てんびん》にかけられるだろうか。

「〝天使の毒〟だと？　ご禁制の品物《アイテム》ではないか！」

こちらは可愛らしい犬頭人《コボルド》の仮面をつけたヌークが、怒りを露わにしていた。

「そもそも、迷宮で得た成果品《ドロップアイテム》は、冒険者ギルドでしか取り扱いができないはず。いったい、どこの冒険者がよ――」

横流しをしたのかと言いかけて、ヌークは口を閉ざした。周囲の客が不審そうな視線を向けているのに気づいたからである。

「ぐぅう」

唸《うな》るヌークに、ロウが助言した。

「水毒蛇《ヒュドラ》が階層主なら、ギルドに討伐報告が出ているはずです。その中で、急に羽振りがよくなったパーティを探せばよいのでは？」

「見つけたところで、証拠がない」

「かまをかければいいんですよ。パーティメンバーを個別に審問すれば、誰かが話すでしょう」

ひそひそと物騒な話をしていると、お目当ての品物《アイテム》が出てきた。

「さあ、続きまして。こちらも貴重な商品《ロット》です！」

運ばれてきたのは、一本の古びた短刀《ナイフ》だった。刀身は魔銀《ミスリル》製で確かに切れ味はよさそうだが、この品物《アイテム》の真価は別のところにある。

「彼《か》の伝説の賢者、〝神の手〟ファーによる、遺失品物《アーティファクト》。その名もぉ～」

道化師《ピエロ》の司会者が拳を突き上げた。

「〝蜘蛛糸《くもいと》の短刀《ナイフ》〟！　合言葉《キーワード》を口にするだけで、水属性魔法〝蜘蛛糸《くもいと》〟が発動します。ご覧ください、この刀身に施された精緻な魔法陣を。実用性だけでなく、美術工芸品としても人気の高い逸品です」

今から約百年前、伝説の賢者が冒険者を引退する直前に取得したギフト、〝封陣《ふうじん》〟を使って、大量に制作した魔法製品《マジックアイテム》のひとつである。

その効果は、自身の持つ魔法ギフトを魔銀《ミスリル》に封じ込めるというもの。使い勝手を考えてのことか、短刀《ナイフ》の形態が多いようだ。

当時は千本近く作られたらしいが、一度魔法を発現させると、ただの魔銀短刀《ミスリルナイフ》に戻ってしまうこともあり、現存する未使用品は少ない。

ちなみにマリエーテも卒業祝いにマジカンからプレゼントされたという〝地雷砲《じらいほう》の短刀《ナイフ》〟を所有している。

「さあ、まいりましょう。スタートは金貨七十枚から。すぐに光が回った。はい、七十五は奥の席〝火蜥蜴《サラマンダー》〟さん。八十、八十二と。次々に参戦してくる。おおっと、〝死神《グリムリーパー》〟さん、一気に百だぁ！」

光の合図《サイン》を送ったロウの隣で、犬頭人《コボルド》の仮面を被ったヌークが椅子からずり落ちた。

「お、おい、ロウ。落ち着け」

金貨百枚といえば、王都内で小さな家が買える金額である。田舎町のシェルパだったロウなど、見たこともない大金のはず。

「これは決まりか。いや、まだ終わらない。手前の席〝豚頭人《オーク》〟さんの光が回った。百十。すかさず〝死神《グリムリーパー》〟さんが応じる。百二十。これは完全に一騎討ちの様相か！」

金額が上がるにつれてヌークの声が震え出し、百五十を超えたあたりでかすかな悲鳴を上げた。

「お、おい待て。それ以上は――お前、教団の財政を破綻させる気か！」

迷宮競売《ラビリンス・オークション》の参加者は、王都の名士や富豪といった一流どころばかりである。

ロウが参加できたのは、教団内で侍祭の地位にあり、また冒険者ギルドの長でもあるヌークの名前を借りてのことだった。

つまり支払い義務はヌークにあり、彼は自分のためにも教団の財政管理者であるヨハネス枢機卿を説得しなくてはならない。

「おおっと、ついに出た。〝死神《グリムリーパー》〟さん、二百だぁ！　〝豚頭人《オーク》〟さんはどうする。その手は、手は——動かない。頭《かぶり》を振った。〝死神《グリムリーパー》〟さんおもむろに立ち上がり、会場に向かって優雅に一礼する。金貨二百枚でぇ、落札っ。おめでとう、貴重な遺失品物《アーティファクト》はあなたのものです！」

一歩も譲らず戦い抜いたロウに対し、場内に割れんばかりの拍手喝采《はくしゅかっさい》が湧き起こった。

(15)

〝時間《とき》の魔女〟のふたつ名を持つ新人冒険者マリエーテの動向を、カレンことカトレノアは注視していた。

冒険者育成学校《アカデミー》を卒業したばかりの十五歳で、手入れの行き届いた金髪と青色の瞳を持つ、まさにお嬢さま然とした少女である。

カトレノアの同級生でありライバルでもあったマリエーテは、まるで鋭利な刃物のような少女だった。

冒険者レベルを上げ、生活や商売に有用なギフトを取得することだけを目的に冒険者育成学校《アカデミー》に通っている他の生徒たちとは、違う。

そのことを誰よりもカトレノアは理解していた。

あの娘《こ》は、本気で無限迷宮に挑むつもりなのだ。

ただひとつのミスも許さないとばかりに勉学に打ち込み、寸暇を惜しむようにひとり自主訓練を行う。体調不良でふらふらでも、決して学校を休もうとしない。

何がそれほどまでに彼女を駆り立てているのか。

尋常では考えられないほどの努力を注ぎ込むマリエーテに対して、カトレノアは強い関心を持った。

そしてそのひととなりを知るにつれ、彼女の隣に並び立つことができる存在は自分しかいないと確信するに至った。

ああそれなのに、マリエーテはカトレノアのことを見向きもしない。

幼いころから神童と呼ばれ、知識と技術だけでなく完璧な作法《マナー》を身につけた、貴淑女《フェアレディ》たる自分だというのに。

冒険者育成学校《アカデミー》在学時、カトレノアはことあるごとに、マリエーテに対して自己アピールを行ってきた。

その苦労も実り、ようやく愛称で呼び合える仲にはなったものの、それ以上の進展もないままに卒業を迎えてしまったのである。

だが、まだ終わりではない。

必ず自分を認めさせてみせる。

そのための準備は整えてきた。実家の財力《ちから》を使って大量の魔核《まかく》を集めさせたカトレノアは、すでに冒険者レベル五に到達していた。

レベルだけで見るならば、すでに中級冒険者クラス。遥か上の立場で颯爽《さっそう》とマリエーテの前に現れて、こう言ってやるのだ。

「あら、マリンさんお久しぶり。まだ初級冒険者でいらっしゃるの？　苦労されているようですわね。もしよろしければ、中級冒険者であるこの私が、あなたのパーティに入って差しあげてもよろしくてよ？」

だというのに。

肝心のマリエーテは、冒険者育成学校《アカデミー》を卒業してすぐに冒険者の登録を行ったものの、特定のパーティに加入することもなく、また単独《ソロ》で無限迷宮へ潜行《ダイブ》することもなかった。

注意深く状況を見守っていると、驚くべき情報が入ってきた。

それは、マリエーテが〝妹巫女〟として、大地母神教団の聖事に参加するというものであった。

あの娘《こ》にとっては迷宮探索がすべて。その他のことはなんの意味もなさない些事《さじ》のはず。

「いったい、何をやっていますの？」

内心、カトレノアはやきもきしていた。

その後、マリエーテが〝暁《あかつき》の鞘《さや》〟なるクランに加入し、無限迷宮への潜行《ダイブ》を開始したという情報が入った。

「〝暁《あかつき》の鞘《さや》〟？　聞かない名前ですわね」

どうやら最近登録されたクランらしい。

攻略組族《クラン》とは、つまり会社のようなもの。拠点を構え、代表者を据えて、冒険者と支援要員を内包する。身軽な組隊《パーティ》とは違い、よほどの知名度と実力がともなわなければ存続することすら難しい組織形態だ。

代表者は貴族の道楽息子か、それとも豪商の子弟《ボンクラ》か。

「――っ。いけませんわ！」

冒険者界隈《かいわい》では大物新人として注目されているマリエーテである。しかも彼女は世間知らずで、性格的に不器用なところがあった。まさかとは思うが、怪しげな組織の陰謀に巻き込まれたのではないか。

「わたくし自ら〝暁《あかつき》の鞘《さや》〟の動向を調べます。ハリス、すぐに馬車の用意を！」

「……お嬢さま」

古くから家に仕える老執事は、諦観《ていかん》したようなため息をついた。

こうして空区の外れにやってきたカトレノアだったが、いきなり訪問するわけにもいかず、〝暁《あかつき》の鞘《さや》〟の本部だという屋敷を監視することにしたのである。

門構えは立派だった。石垣は高く、敷地内の様子を窺うことはできない。馬車の中でちびちびと冷めた紅茶を飲みながら、カトレノアは状況が動くのを待った。

どれくらい時間が経っただろうか。西の空が染まるころ、不意に小窓が開いて、執事が報告してきた。

「お嬢さま、何者かが近づいてまいります」

車窓から通りを覗くと、ひと組の男女がこちらに向かって歩いていた。

ひとりは背の高いおさげ髪の男で、もうひとりは大荷物を背負った少女——マリエーテだった。

男は手ぶらだが、マリエーテはひとり重い荷物を背負いながら、よたよたと歩いている。

呆然としているうちに、おさげの男とマリエーテは屋敷の中に入っていった。

「……どういう、ことですの？」

二日目も同じ時間に張り込みをした。

夕暮れ前にふたりは姿を現した。やはりマリエーテだけが大荷物を担いでおり、男は手ぶらのままだ。

まさかこれは――、虐待？

怒りのあまり、カトレノアは震えた。

そして三日目。

またもや同じ時刻に帰ってきたふたりの前に、カトレノアは果敢にも立ち塞がった。

「お久しぶりですわね、マリンさん」

顔を上げたマリエーテを見て、カトレノアは衝撃を受けた。

目に生気がない。髪は乱れ、頬に擦り傷らしきものがついている。

装備品は、細かな装飾が施された胸当てと肩当て、そして膝まである長靴《ロングブーツ》。背中の荷物は、おそらく成果品《ドロップアイテム》なのだろう。

「知り合いかい？」

マリエーテに聞いたのは、おさげ髪の男だった。ひょろりとした長身で、しまりのない笑みを浮かべている。

ぼそりと、マリエーテが答えた。

「冒険者育成学校《アカデミー》の同期生。カトレノアさん」

「カレンですわ。互いに愛称で呼び合うようにと、約束したはずです」

「そうだっけ？」

心底どうでもよさそうに、マリエーテは小さなため息をついた。

「……で、なんの用？」

「あなたを、助けに来たのですわ」

冒険者育成学校《アカデミー》の学年首席として、また貴重な魔導師として、マリエーテにはその才能と実力にふさわしい待遇が約束されていたはず。

こんなに傷だらけで、ぼろぼろになって。

ひとり荷物を運ばされて――

「マリンさん！」

カトレノアはマリエーテの腕をつかんだ。

「あなたは、こんな怪しげなクランにいるべきではありませんわ。脱退なさい。今すぐに！」

その手は、あっさりと振り払われた。

「邪魔しないで」

「……え？」

予想外の展開に、カトレノアは硬直してしまう。

「いこっ」

マリエーテはおさげの男の手を取ると、まるで逃げるように屋敷の中へ入っていった。

ひとり取り残されたカトレノアは、しばし呆然と立ち尽くしていた。

助けようとした相手に拒絶されたことに、大きなショックを受けたが、それでも彼女は諦めなかった。

翌日も待ち伏せをしてマリエーテを説得するものの、手痛い反撃を受けては悔しがる。

「まあまあ。せっかく友達が心配してくれてるんだから、話くらい聞いてあげたらどうだい？」

見かねたように、おさげの男がマリエーテをなだめた。

「俺は、迷宮道先案内人《ダンジョン・シェルパ》のロウといいます。カトレノアさんでしたね。よろしければ〝暁《あかつき》の鞘《さや》〟の本部へどうぞ」

客室の内装は思いのほか豪華だった。

しっかりと厚みのある絨毯《じゅうたん》やカーテンなどは、デザインこそ古いが、重厚さを演出する装飾《パーツ》としては十分だろう。革張りのソファーも座り心地がよい。

正面に座った三十歳くらいの女性が自己紹介をした。

「〝暁《あかつき》の鞘《さや》〟の代表を務めております、シズと申します」

「カトレノアですわ」

「当クランに所属する冒険者、マリエーテのご学友であり、ボルテック商会のご令嬢ですね？」

「あら、よくご存知ですこと」

「冒険者育成学校《アカデミー》を優秀な成績で卒業されたと記憶しております」

シズと名乗った女性の応対に、カトレノアは若干息苦しさを覚えた。

座った時の背筋の伸ばし方といい、こちらの所作を観察するような眼差しといい、なんというか、厳しいマナー教師と対面しているような感覚を受けたのである。

シズの隣の席にはロウと名乗ったおさげ髪の青年が座っている。ちなみにマリエーテは迷宮内で軽い怪我《けが》を負ったそうで、別室にて治療中らしい。

「それで、カトレノアさま。本日はご交友を温めにいらっしゃったのでしょうか？」

「違いますわ。わたくし、もと学友であり、今は同じ冒険者仲間であるマリンさんの様子を窺っておりましたの」

臆することなく、カトレノアは疑惑をぶつけた。

シェルパが手ぶらなのに、冒険者であるマリエーテが大きな荷物を担がされていた。

しかもここ数日、彼女は無限迷宮へ潜行《ダイブ》し続けている。

「これは、明らかな過重労働《オーバーワーク》。新人冒険者に対する虐待ですわ」

迷宮内で絶えず緊張に晒《さら》されている冒険者は、極度に消耗する。肉体的な疲労もあるが、精神的な疲労も大きい。ゆえに一度探索を終えた後は、何日か休息を取ることが冒険者ギルドより推奨されていた。

「何か異論はございまして、代表さん？」

当然反論されると思ったが、シズは眼鏡の奥で目を細めると、じろりとロウを睨んだ。

「――だ、そうですが？」

「う～ん。第三者からすると、そう見えるか。やはり専用の馬車が欲しいところですね」

「予算がありません」

その、どこか他人事のようなもの言いに、カトレノアは怒りを爆発させた。

「見える見えないの問題ではありません！　同じ冒険者として、また同じ学び舎を卒業した学友として、マリンさんに対するこのような仕打ちを看過することはできませんわ。彼女を即刻解放なさい。でなければ、わたくし、出るところに出ても――」

「失礼します」

その時、軽やかな鈴のような声とともに、客室の扉が開かれた。台車《ワゴン》に載せられたティーセットが運ばれてくる。

ややぎこちない手つきでお茶をいれ、カップを差し出したのは、柔和な微笑みを浮かべた黒髪黒目の美少女――に見える美少年だった。

「お久しぶりです、お姉さま」

「み──神子《みこ》、さま！」

ミユリである。

「ど、どうして、ここに？」

「僕も〝暁《あかつき》の鞘《さや》〟のメンバーなんです。といっても、ただのお手伝いですけど」

驚きのあまり声も出ない。

「ありがとう、ミユリ。こっちにおいで」

「はい、父さま」

さらに驚くべきことが起きた。ロウに声をかけられたミユリが、嬉しそうにその隣に腰を下ろしたのである。

「……とう、さま？」

思い出した。先日、モーリス神殿にて行われた〝レベルアップの儀〟に姿を現した、神子《みこ》の父親──らしき人物。あまりにも威厳がなかったので、今まで気がつかなかった。

「それで、カトレノアさん？」

ミユリの肩に手を回しながら、ロウが言った。

「我々のクランを、訴えるということですが」

「え？」

目を丸くしたのはミユリである。

「そ、そうなのですか、お姉さま」

「あ、いえ。その――」

カトレノアの実家はボルテック商会を経営している。迷宮から産出される結晶鉱石や薬草、魔物が残す成果品《ドロップアイテム》を加工して様々な商品を作り、王国中に流通させている大きな商会だ。

迷宮は大地母神教団の管轄であり、その恩恵を受けているボルテック商会は、当然のことながら教団とも深い関係がある。その象徴たる神子《みこ》が所属しているクランを訴えることなど、できようはずもない。

「くっ」

ミユリに向かって無理やり微笑むと、カトレノアはぎこちなく否定した。

「ち、違いますわ。わたくしは――そう、わたくしは〝暁《あかつき》の鞘《さや》〟に加入するために、こちらを訪問いたしましたの」

作戦変更である。

状況証拠だけでは何も変わらない。内部から観察して、マリエーテ虐待の証拠をつかむのだ。

商人の娘らしく素早く頭の中を切り替えると、カトレノアは〝暁《あかつき》の鞘《さや》〟の代表であるシズに自分を売り込んだ。

「わたくしは、レベル五の中級冒険者。職種《クラス》は魔法使い。火属性の攻撃魔法が使えますわ。どうかしら、代表さん。間違いなくお役に立ちましてよ？」

「………………」

呆れたようにシズが沈黙した。

確かにこの変わり身は不自然に過ぎるだろう。だがカトレノアには勝算があった。十五歳の若さでレベル五の魔法使いといえば、のどから手が出るほど欲しい人材のはず。

「私には決定権がありませんので」

ひとつ息をつくと、シズはロウに目を向けた。

「そうですねぇ」

視線を受けて、ロウがにこりと微笑む。

「このままお帰りいただいても、おそらくカトレノアさんは納得されないでしょう。ここはひとつ、仮入会ということで、一度我々と潜行《ダイブ》してみる、というのはいかがでしょうか？」

願ってもない展開だった。

16

忘れもしない。

あれは冒険者育成学校《アカデミー》四年生の学年末。廊下に張り出された席次表を見て、私は真っ青になった。

初めて、学年首席の座から転落したのである。

『……マリエーテ？　どなたですの？』

取り巻きのひとりが教えてくれた。

今年の〝レベルアップの儀〟において、時属性という希少な魔法ギフトを取得したことで一時期有名になった女子生徒だという。学業の成績はそれほどでもなかったので、その時の私は気にも留めていなかった。

だが入学以来、圧倒的な成績で三年連続学年首席だった自分を上回ったとなると、話は変わってくる。

いたくプライドが傷つけられた私は、彼女の所属する第三学級――中流以下の階級に属する子供たちの中ではもっとも成績優秀な学級である――を訪れた。

教室にはいなかった。近くにいた生徒に聞くと、休み時間にはいつも校舎の裏で剣術の自主訓練をしているらしい。

ズンッ――ズンッ。

校舎裏に向かうと、硬いものに何かを突き刺すような鈍い音が聞こえてきた。

そこには、やや癖のある薄茶色の髪を持つ小柄な少女がいた。紺色の制服姿で、小振りの突剣を構え、地面に打ちつけられた杭《くい》に向かって突進を繰り返している。

スカートで剣を振るうなど、淑女としてはあるまじき行為だった。

そのことを注意しようと思った。

『ちょっとそこのあなた。よろしくて？』

と、声をかけたと思う。

女子生徒は振り向かなかった。一心不乱に丸太に向かって突進を繰り返している。

声かけを無視されて癇癪《かんしゃく》を起こした私が丸太の前に立ち塞がると、ようやく女子生徒の動きが止まった。

『……誰？』

自分の顔と名前を知られていなかった事実よりも、私はその姿に驚いた。

髪は乱れ、顔色もわるい。頬はこけ、目の下にはくまが浮かんでいる。肉体的にも精神的にも疲れ切っているようだ。だがその瞳には、鮮烈な意志の光が燃え上がっていた。

『邪魔だから、どいて』

冷たい口調で言い放つと、女子生徒——マリエーテは、突剣を構えた。そしてそのまま、私の存在などないかのように突進してきたのである。

命の危険を感じた私は全力で身をかわした。あろうことか、バランスを崩して地面に尻餅をついてしまった。

——ズンッ。

生まれて初めて、私は怯んだ。

淑女たる笑顔を忘れ、臆面もなく震え、悲鳴じみた声とともに逃げ出したのである。

そんな自分が許せなかった。

冒険者となり、マリエーテとともにパーティを組んで、無限迷宮に潜行《ダイブ》する。

紆余曲折《うよきょくせつ》はあったとはいえ、冒険者育成学校《アカデミー》からの目標を達成することができて、カトレノアは上機嫌だった。

期待と興奮のあまり昨夜はまったく眠れなかったが、気力の充実が眠気を吹き飛ばし、自分でも抑えきれないほどの高揚感で満たされていた。

「まいりましたわ！」

今日という日のために準備したカトレノアの装備は、紅の生地に金糸の刺繍が入った豪奢な服にとんがり帽子、武器は短杖《ロッド》に薄曲刀《ファルシオン》である。

白を基調としたマリエーテの装備と比べても見劣りしない。それどころかふたりが並び立てば、その華麗さに誰もが目を奪われることだろう。

気の早いことに、カトレノアは自分とマリエーテが馬車に乗り、冒険者街道を凱旋行進《がいせんパレード》している様子まで妄想した。

〝暁《あかつき》の鞘《さや》〟の玄関ロビーには、マリエーテの他に、クランの代表であるシズ、支援要員のタエとプリエ、そしてミユリも見送りのために集まっていた。

「マリンさま。少しはお食べになったほうがいいですよぅ」

「ごめん。いらない」

心配するプリエに、マリエーテは申し訳なさそうに首を振った。

「食べても、意味ないから」

「そうですか」

タエが困ったものだという顔になる。

「まあ、朝から無理やり食べても、体調を崩すかもしれないからね。マリンさま、くれぐれもお気をつけて。ご馳走《ちそう》を作って待っていますからね」

「うん。夜はしっかり食べる」

ミユリが駆け寄ってくる。

「マリン姉さま、いってらっしゃい。僕、今日も女神さまに迷宮探索の無事をお祈りしてきます」

「ありがと、ミュウ」

「カトレノアお姉さまも、お気をつけて」

「きょ、恐縮ですわ」

姿形だけでなく、その仕草やもの言いも天使そのものである。不敬にも思わず抱きしめたくなる衝動を堪えながら、カトレノアは無理やり微笑んでみせた。

「マリン」

ひとり無表情のシズだったが、口から出た注意事項には焦りに似た感情がにじみ出ていた。

「浅階層《せんかいそう》とはいえ、迷宮内では何が起こるか分かりません。すべてをシェルパ任せにせず、周囲の警戒は自分自身で行うように。また、引き返す判断も重要となります。少しでも体調に異変を感じたなら、シェルパなどに遠慮することなく、しっかり伝えることです。迷宮探索の主役は、あくまでも冒険者なのですから。よいですか、迷宮探索で一番大切なことは、魔物を倒すことでも、希少《レア》な成果品《ドロップアイテム》を手に入れることでもなく、無事に帰還することであり……」

「昨日も聞いた」

ひとつ息をつくと、シズはこう締めくくった。

「では、気をつけてお行きなさい。よい冒険の成果を」

「うん、いってきます」

「カトレノアさまも、ご無理をなさらないように」

「分かっておりますわ」

ずいぶんと家庭的《アットホーム》なクランだと、カトレノアは意外に感じた。そして彼らの、マリエーテと自分に対する態度や心情的な差についても自覚した。

仮入会とはいえ、自分はまだ客人に過ぎない。真の仲間《メンバー》になるためには、確かな実績を残す必要があるのだ。

「さあ、マリンさん、出発です！　表に馬車を待たせてありますの。第一迷宮砦《とりで》までお送りしますわ」

迷宮門がある第一迷宮砦は、王都の南門の先、雑木林の中を走る冒険者街道の突き当たりにある。砦の入り口には大荷物を背負ったおさげ髪の青年、ロウが待っていた。

「やあ、ふたりともおはよう。カトレノアさん、今日はよろしくお願いします」

「こちらこそ、ですわ」

カウンターで受け付けをして、半球型《ドーム》の広間に入る。窓はなく、光源はランプの光のみ。薄暗い空間の中央部には、石壁に囲まれた鉄の門があった。

肌が粟立《あわだ》つような魔気が溢れ出ている。

迷宮の入り口へと続く門――迷宮門だ。

門の左右にはふたりの門番が立っていた。わずかながら神気を発しているので、もと冒険者なのだろう。

広間には他にも何組かの冒険者パーティがいたが、誰もが真剣な面持ちで待機していた。

中級以上の冒険者たちは第二迷宮砦にある近道《ショートカット》を利用するため、ここにいるのは年若き初級冒険者ばかりである。

「カトレノアさんは、無限迷宮に潜行《ダイブ》したことはあるんだよね？」

新人冒険者の緊張を解きほぐすかのように、のんびりとした声でロウが声をかけてきた。

「ええ。冒険者育成学校《アカデミー》の実地研修で、何度か」

この青年はマリエーテの兄であり、神子《みこ》たるミユリの父親だという。

しかし、外見は二十代の前半くらいにしか見えない。

マリエーテの兄というのはともかくとして、今年で冒険者育成学校《アカデミー》の四年生、つまり十歳になるミユリの父親というのは無理があるのではないか。

そんなカトレノアの疑念を読み取ったかのように、ロウが語り出した。

「実は十年くらい前、俺はとある魔物によって石にされてしまってね。最近、もとに戻ることができたんだ」

「そ、そうなんですの」

冒険者たちを石化する魔物は存在する。代表的な魔物は蛇鳥王《バジリスク》だろう。

「だから俺の迷宮探索のやり方は、君たちが勉強してきたものよりも、あるいは古くなっているかもしれない。何か気づいたことがあったら、遠慮なく言ってくれるかな？」

「承知しましたわ」

最初はマリエーテを酷使している残虐《ざんぎゃく》非道《ひどう》な男だと思っていたのが、年上のわりに腰は低いし、シェルパにしては身綺麗《みぎれい》だし、笑顔で愛想もよい。

また、〝暁《あかつき》の鞘《さや》〟のメンバーたちの接し方からも、マリエーテが大切にされていることが分かる。

これは誤解だったのかもしれないと、カトレノアは考えを改めることにした。

しばらくすると、迷宮門の近くに備えつけられていた銅鑼《ドラ》が、派手な音を鳴り響かせた。

「開門《かいもん》っ！」

錠前が外されて、迷宮門が開かれる。

地下からぞろぞろと、十数人もの冒険者たちが上がってきた。

迷宮門が開かれるのは、朝方から日暮れまで。

夜の間に帰還した冒険者たちは、迷宮門の裏側でしばらく待機して、開門の時間を待つのだ。

「お疲れさまです」

ロウが道を開けて挨拶をする。

「今日は魔物たちが、ばらけてるみたいだ」

「へえ、そうですか」

「窮歯鼠《ファルマウス》ですら、五体がせいぜいだったよ」

迷宮から帰還した冒険者たちから情報を仕入れる。

こういったやり取りは、カトレノアが初めて経験するもの。自分が冒険者になったのだと改めて実感する。

広間で待機していた冒険者たちが迷宮門を潜り、地下一階層へと降りていく。

「い、いよいよですわね」

はやる気持ちを抑えながら、カトレノアは隣のマリエーテの様子を窺った。

比喩的な表現ではなく、迷宮探索に命を懸けているはずなのに、マリエーテは冷静そのものだった。

その表情には、迷宮に対する憧れや幻想といった感情など、かけらほども見られなかった。

これが、経験の差というものだろうか。

「冒険者育成学校《アカデミー》の実地研修は見学のようなもの。わたくしに実戦経験はありません。ですからマリンさん、いろいろと教えてくださいましね？」

「…………」

マリエーテは何かを言いかけたが、結局口を噤《つぐ》むと、無言のままこくりと頷いた。

（17）

自分の取り巻きたちがマリエーテを虐《いじ》めている。その事実に私は薄々気づいていたが、積極的に止めようとはしなかった。

生まれて初めてプライドを傷つけられたことで、幼く愚かだった私は、貴淑女《フェアレディ》たる矜持《きょうじ》すら忘れ、あのような粗暴な女子生徒は冒険者育成学校《アカデミー》にふさわしくないとの判断を下したのだ。

しばらくして、事件が起きた。

マリエーテが私の取り巻きたちに暴力行為を働き、怪我をさせたというのである。

マリエーテには十日間の停学という処分が下された。

私のせいだと思った。

ぎらぎらとした目を持つあの娘《こ》が、やられっぱなしで済ますはずがない。必ず反撃に出るだろう。

そのことを、私は知っていたはずなのに。

場合によっては退学になることも考えられたが、そうはならなかった。

女子生徒たちの怪我が打ち身程度だったことと、関係者たちの聞き取り調査により、怪我をした女子生徒たちにも瑕疵《かし》があったことが判明したからである。

停学処分が解けると、マリエーテは再び冒険者育成学校《アカデミー》に登校してきた。

彼女の周囲はとてもいたたまれない環境だったはず。

謝ろうと、私は考えた。

『そ、そこの、あなた』

休み時間に人気のない校舎裏に出向いた私だったが、まさかの問いかけが返ってきた。

『……誰？』

この期《ご》に及んで、マリエーテは私のことを記憶すらしていなかったのである。私の心の中には、ある種の渇望《かつぼう》にも似た気持ちが湧き起こっていた。

『そ、そういえば、まだ名乗っておりませんでしたわね』

私は丁寧に自己紹介をすると、これまでの経緯を語った。

『今回の事態を招いた原因は、このわたくしにもありますの。ですから、こうして――』

『もういい』

『え？』

『私の邪魔をしないで。こうして話を聞いている時間も、無駄だから』

そう言うと、マリエーテは訓練を再開した。

同じ空間にいながら取り残されてしまった私は、呆然としながら考えた。

もし次に私が声をかけたとしても、この娘《こ》は私の名前すら覚えていないのではないか。

我に返ると、ふつふつと怒りにも似た感情が込み上げてきた。

――負けられない。

この娘《こ》だけには、絶対に。

『マリエーテさん、いいですこと？　今年の学年末の成績で、勝負ですわ！』

一方的に宣言して、私はその場から走り去った。


無限迷宮の地下一階層。

適正レベルは、一。

出現する魔物は、満月毛玉《ムーチヨ》、窮歯鼠《ファルマウス》、骨犬《ロックドッグ》、妖魔精《ビッキー》、犬頭人《コボルド》。食物系の魔物は、宝炭《チャルコ》、臭腐草《ガッス》、切穂芒《パンバス》等々。

この中で注意すべき魔物は、妖魔精《ビッキー》だ。飛行する小型の魔物で、遠目には蝶《ちょう》のようにも見えるが、姿形は醜悪な蝙蝠《こうもり》に近い。鱗粉《りんぷん》が目に入ると危険なので、真上にいる時には絶対に攻撃しないこと。

冒険者育成学校《アカデミー》の魔物学の授業で習った知識を、カトレノアは思い起こしていた。

出入り口に近い領域《エリア》や主要順路《メインルート》には魔物たちが少ないので、心の準備を整えることができる。

迷宮探索は無言で、集中しながら行うものと思っていたのだが、シェルパのロウは意外とおしゃべりだった。

「最初は魔素に身体を慣らすため、深く呼吸をしながら進もう」

「真新しい光苔《ひかりごけ》には気をつけること。気づかない段差が隠れているかもしれないからね。足を挫いたりしたら、迷宮探索は終わりだよ」

「通路《アイル》で魔物たちの接近を聞き取ることは難しい。常に足の裏で、振動を感じながら歩くこと」

彼の助言《アドバイス》は、カトレノアの知識にない実践的なものだった。

そして、記念すべき初戦闘となる。

広間《ステージ》の片隅にいたのは、二体の満月毛玉《ムーチョ》だった。触覚らしきものを生やした桃色の毛むくじゃらの球体で、成果品《ドロップアイテム》である〝月毛糸《つきけいと》〟は、高級衣類の素材として珍重されている。

満月毛玉《ムーチョ》の武器は自在に動かせる体毛で、冒険者の顔に取りついて窒息死させようとする。

「ただの毛玉ですわ！」

愛用の薄曲刀《ファルシオン》を構えると、カトレノアは魔物に向かって突進した。

後に続いたマリエーテが、ぼそりと忠告してくる。

「飛び跳ねて着地したところを狙う。毛の動きを観察すること」

「わ、分かりましたわ」

こちらに気づいた二体の満月毛玉《ムーチョ》が、わずかに沈み込む。

その身体が震えた瞬間、

「――いまっ」

マリエーテの合図で、ふたりは交差するように跳んだ。

狙いを見誤った満月毛玉《ムーチョ》たちが虚《むな》しく着地したところを、カトレノアの薄曲刀《ファルシオン》とマリエーテの針突剣《レイピア》が切り裂く。

まるで英雄譚《サーガ》の一場面のようだと、カトレノアは思った。

ロウが拍手で出迎えた。

「動きもいいし、剣の軌道もぶれていない。カトレノアさんはかなり訓練しているね」

「当然ですわ」

カトレノアは鼻高々である。

その後、窮歯鼠《ファルマウス》や骨犬《ロックドッグ》といった魔物と遭遇したが、魔法ギフトを使うまでもなく、あっさり倒すことができた。

ようやく緊張もほぐれ、カトレノアには余裕が出ていた。

「少しもの足りないですわね。これではろくに経験値も稼げませんわ」

「主要順路《メインルート》の魔物はそれほど多くないからね。でも、これから向かう領域《エリア》は期待できるよ」

ロウが案内したのは、地下一階層の最北部、〝犬頭人《コボルド》の巣窟《そうくつ》〟と呼ばれている領域《エリア》だった。

淡々とした口調で説明する。

「犬頭人《コボルド》たちは、それほど強くない。でも、広間《ステージ》の壁を掘ってこもるという珍しい習性を持つ。だから少しずつ数が増えて、時には群魔祭《カーニバル》が起きる可能性があるから注意が必要だ」

「犬頭人《コボルド》など、わたくしたちの敵ではありませんわ」

「………………」

隣のマリエーテがついと目を逸《そ》らして、ため息をついた。

「さあ、ここからが本番だよ。集中して、よりよい〝実りの時間《とき》〟を過ごそう」

内心、カトレノアは拍子抜けしていた。

犬頭人《コボルド》は弱く、魔核《まかく》も小さい。成果品《ドロップアイテム》もそれほど高価なものではなかったはず。

〝犬頭人《コボルド》の巣窟《そうくつ》〟という場所があることをカトレノアは知識として知ってたが、〝おいしい〟稼ぎ場になるという話は聞いたことがなかった。

通路《アイル》を抜けると、小さな広間《ステージ》に入る。

「穴の数は、三つか。ちょうどいいね」

ロウは荷物の中から、折りたたまれた袋を取り出してマリエーテに渡した。

それは、携帯用の背負い袋だった。

マリエーテは一度肩当てを外してから背負い袋を担いだ。再び肩当てをつけたものの、どうにも奇妙な格好である。

「犬頭人《コボルド》を誘《おび》き出すには、こうやって――」

ロウは荷物に吊り下げていた金槌《ハンマー》のような道具で、広間《ステージ》の壁を何度も打ちつけた。

しばらくすると、壁に開いた穴の中から白いふさふさとした毛を持つ魔物が飛び出してきた。

犬頭人《コボルド》である。

ひとつの穴から一体ずつ。計三体の犬頭人《コボルド》たちは、眠そうに目をこすりつつ、きょろきょろと周囲を見渡した。

『キュイ？』

そしてこちらを見つけると、よたよたと頼りない足取りで近寄ってきた。

背丈はカトレノアの半分もない。

二本足で歩き、二本の手を開いて威嚇《いかく》してくる——が、まるで迫力がなかった。

それは四頭身の体格と、可愛らしい姿形のせいだった。

ふさふさの耳にくりっとした黒目。鼻の頭はピンク色で、口の中からも小さな舌が覗いている。

バランスをとるためか、しきりに尻尾を揺らしているが、それはまるで大好きな主人を迎える犬のようだった。

「……これが、犬頭人《コボルド》？」

カトレノアは愕然とした。

魔物図鑑《モンスター・リブロ》の挿絵では見たことがあったが、もっと凶悪な目つきをしていたはずだ。

「見かけに騙《だま》されちゃいけないよ。彼らは動物ではなく、れっきとした魔物だ」

笑顔のまま、ロウが忠告した。

「レベル三以上の冒険者ならば、武器がなくても撃退することができる。マリン」

「うん」

マリエーテは呼吸を整えると、瞬間的に気合を入れた。

思わずカトレノアは目を見開いた。マリエーテの身体から、目も眩《くら》むような——実際には見えないので、あくまでも比喩的な表現ではあるが——光が迸《ほとばし》ったからである。

『キュウ！』

三体の犬頭人《コボルド》たちは、まるで糸の切れた操り人形のように突然ばたんと倒れた。

そして、大胆にも腹部を見せながら、マリエーテのほうをじっと見つめた。

ロウが解説する。

「こうやって強めの神気を浴びせると、犬頭人《コボルド》は降参の仕草《ポーズ》をとる」

マリエーテが短刀《ナイフ》を引き抜いた。

「そこで、とどめを刺す」

――ザクリ。

『ギュエアアア！』

耳を塞ぎたくなるような絶叫が、広間内《ステージ》に響き渡った。

ザクリ、ザクリ。

三体の犬頭人《コボルド》たちを、マリエーテは無慈悲に葬り去った。

「これで、おしまい。あとは魔核《まかく》を回収するだけ」

魔核《まかく》は魔物の頭部にある。しゅうしゅうと黒い霧のようなものを噴き出している犬頭人《コボルド》の頭に、
マリエーテは短刀《ナイフ》を突き刺した。

何度も何度も突き刺して、その部分を柔らかくすると、直接手を突っ込んで、淡い紫色をした魔《ま》

核《かく》を取り出す。

直後、犬頭人《コボルド》の死体は黒い霧とともに霧散した。

後に残ったのは、魔核《まかく》とくすんだ銀色の塊のみ。

「〝犬腐銀《コバルト》〟だね。銀貨の材料になる」

とはいえ、銀の含有量を薄めるために使うまぜもの、、、、なので、買い取り単価は安い。

無言のまま、マリエーテは魔核《まかく》と〝犬腐銀《コバルト》〟を背負い袋の中に入れた。

一部始終を見守っていたカトレノアに、ロウが解説する。

「浅階層《せんかいそう》で新人冒険者が不覚をとる要因は、おもにふたつ。ひとつが、覚悟不足だ」

特に人型の魔物と初めて対峙した時がその冒険者の分かれ道だという。どんな姿形をしていても、魔物は魔物。躊躇《ためら》うことなく、相手を倒さなくてはならない。

「腹を据《す》える――いや、感覚を鈍らせるというのが正しいかな？　そのための場所として、〝犬頭人の巣窟《こ》〟はうってつけなんだよ」

話は、理解できた。

「そしてふたつ目が、持久力不足」

どれだけ疲れていたとしても、魔物たちはお構いなしである。高い技術を有する将来を嘱望された冒険者たちが、連戦に次ぐ連戦で、ちっぽけな魔物たちに命を奪われたという事例は、枚挙《まいきょ》に暇《いとま》がない。

「だから持久力の値を上げるために、君たちには魔核《まかく》と成果品《ドロップアイテム》を背負いながら戦ってもらう。戦えば戦うほど疲れが溜まり、荷物は重くなっていくわけだ」

話は、理解できた。

だが――

「さあ、次の広間《ステージ》に行こうか。時間が惜しいから、走るよ」

〝犬頭人《コボルド》の巣窟〟と呼ばれている領域《エリア》は、短い通路《アイル》と小さな広間《ステージ》が連続しているようだ。カトレノアが心の準備を整える間もなく、次の広間《ステージ》へとたどり着いた。

「穴の数は、ひとつだね。はい、カトレノアさん」

ロウから背負い袋と短刀《ナイフ》を渡された。

広間《ステージ》の壁が何度も打ち鳴らされる。

穴の中からごろんと、可愛らしい犬頭人《コボルド》が現れた。

ふさふさの耳に、くりっとした目。そしてせわしなく動いている尻尾。

「はっ、はっ……はっ」

我知らず、カトレノアは呼吸を乱していた。

手順は完璧に理解した。まずは強めの神気を放って、犬頭人《コボルド》たちを降参させる。

『キュウ！』

腹を見せた犬頭人《コボルド》に、とどめを。

『キュキュウ』

とどめを——

顔を青ざめさせ、小刻みに震え出したカトレノアの肩に、そっと手が置かれた。

「無理しなくていい」

マリエーテだった。

いつもの無表情である。だが、学生時代からずっと彼女のことを見続けていたカトレノアは、その心情を正確に読み取ることができた。

期待はしていなかったが、やはりだめだった。

「私が、やるから」

短刀《ナイフ》を手に、マリエーテは怯える魔物に歩み寄っていく。

その後ろ姿を見送っていると、カトレノアの心の中に、ふつふつと得体の知れない感情が湧き起こってきた。

まるで他人事のように進んでいた現実が、かつて経験したことのない類《たぐ》いの恐怖が、怒りで塗り潰されていく。

「ふ――」

カトレノアはマリエーテを突き飛ばした。そして犬頭人《コボルド》に覆いかぶさると、短刀《ナイフ》の切っ先を思いきり突き刺した。

「ふざけないで！　このわたくしが、この程度でっ！」

『ギュエアアア！』

断末魔《だんまつま》の叫び声とともに、黒い霧がまるで血のように吹き出す。

手に残る生々しい感触。

堪えきれず、カトレノアは嘔吐《おうと》した。

（18）

幸いなことに、冒険者育成学校《アカデミー》内におけるマリエーテを取り巻く環境は改善された。

彼女が、新たに入学してきた神子《みこ》、ミユリと姉弟同然の関係であることが判明したことと、二回目の〝レベルアップの儀〟において攻撃系の魔法ギフトを取得し、魔導師の職種《クラス》を名乗る資格を得たことが大きかった。

やっかみと嫌悪から尊敬と畏怖へ、他の生徒たちの彼女に対する見方が変わったのである。

腫《は》れ物に触るような扱いは相変わらずだったが、マリエーテに立ち向かおうとする者は現れなかった。

ただひとり、私を除いて。

四年生の学年末の席次争いに負けた私は、実家の力――つまり財力とコネを使って、対策を講じることにした。

優秀な家庭教師と才能溢れる生徒が本気を出せば、再び学年首席の座を取り戻せると考えたのである。

『いいですこと、マリエーテさん。これまでは座学だけでしたが、四年生からは無限迷宮への実地研修や、クラス対抗パーティ模擬戦が始まります。そのすべてにおいて、わたくしはあなたを上回ってみせますわ！』

しかし、結果は散々だった。

毎回のように、あと一歩のところでマリエーテに競り負けてしまうのだ。

今思えば、それは単純に努力の差だった。

三年生までは成績上位者の中に名前すら出てこなかったわけだから、純粋な才能という面において、私は彼女よりも優位だったはず。

しかし彼女は、努力の量とその密度で、私を打ち負かしたのだ。

結局、四年生から最終学年である七年生まで、マリエーテは学年首席の座を守りきった。一年生から三年生までは私が首席だったから、回数においても三対四で負けである。

もちろん、悔しい気持ちもあった。

だがそれ以上に、全力で戦うに値する相手と本気で戦えたことに対する充足感で私の心は満たされていた。

もし彼女と出会っていなければ、私の学生時代はまるでぬるま湯に浸《つ》かったような、ぼやけたものになっていたことだろう。

卒業後は婿《むこ》をとるか、他の商会の跡取り息子に嫁ぐか。どちらにしろ、笑顔の仮面を被りながらその下でほぞを噛むような、欺瞞《ぎまん》と空虚《くうきょ》に満ちた将来が待っていたに違いない。

だから私は、卒業式の日に彼女を呼び出して、感謝の言葉を伝えようと考えた。

それからもうひとつ――

『マリエーテさん』

夕暮れの屋上で、彼女は待っていた。

呼び出しに応じてくれたのは、さすがに卒業式の日にまで自主訓練をするわけにもいかず、手持ち無沙汰だったからなのかもしれない。

彼女は屋上の縁壁《ふちかべ》に肘をつき、そこから広がる街並みを眺めていた。

呼びかけを無視されるのはいつものことだったので、私は許可も取らず彼女の隣に並んだ。

『なんの用？』

彼女はこちらを見ようともしない。

内心ずいぶん我慢強くなったものだと苦笑しながら、私は用件を――自分が負けたという事実と感謝の気持ちとを伝えた。

その間、マリエーテは街の風景を眺めていた。

いや、違う。

鮮やかな夕焼けに照らされた彼女の横顔は、あまりにも張りつめていた。

まるでここではない何かを。これから訪れるであろう、あまりにも厳しい未来を見据えているかのような。

今さらながらに私は疑問に思った。

この娘《こ》は、いったい何のために――

その時、鐘の音が鳴り響いた。

卒業式の後は舞踏会《ダンスパーティ》というのが恒例である。更衣室で式衣装《ドレス》に着替えて、講堂に集まらなくてはならない。

『じゃあ』

『お、お待ちになって！』

立ち去ろうとするマリエーテを、私は慌てて呼び止めた。

もうひとつ、どうしても伝えたいことがあったからだ。

『卒業後、わたくしはあなたと同じ冒険者になります。冒険者育成学校《アカデミー》の成績では遅れをとりましたが、実戦では負けませんわ。ようするに、勝負はこれからも続くのです。そ、それと。わたくしとあなたは終生のライバルであり、また同業者になるわけですから、今後は互いに愛称で呼び合うべきでしょう。そのほうが自然ですわ。わたくしのことはカレンとお呼びなさい。代わりにわたくしは、あなたのことをマリンと呼ばせていただきます。いいですこと？　これは決定ですわよ！』

早口でまくし立てるように宣言すると、私は彼女を追い抜くようにして、その場から走り去ったのである。


「ふん、ふん、ふ〜ん♪」

夕焼けが、やけに眩しい。

どこか牧歌的な鼻歌とともに揺れているおさげ髪を見つめながら、カトレノアはとぼとぼと帰路についていた。

念入りに手入れをしたはずの髪は解《ほつ》れ、頬はこけ、おまけに目が虚ろである。

装備品だけはきれいだったが、それはあまりにも汚れがひどかったため、マリエーテが〝逆差時計《さかさどけい》〟の魔法を行使して迷宮探索前の状態に戻したからである。

可愛らしい犬頭人《コボルド》の大量殺戮《たいりょうさつりく》を強要されたカトレノアは、完全に打ちのめされていた。背負い袋を担ぐ余力もなく、ロウに預けている有様《ありさま》である。

隣を歩くマリエーテに目を向けると、彼女も似たり寄ったりの姿だったが、重い荷物を担ぎながらもしっかりとした足取りで歩いていた。

不意に、鼻歌が止まった。

「冒険者は、まともじゃない」

振り返ったシェルパは、変わらぬ笑みを浮かべていた。

「魔物の命を奪い、深く深く――より強力な魔物が出現する恐ろしい階層へと、自ら望んで入り込んでいく」

迷宮を攻略して〝終焉《ヌル》〟を防ぐという名分はあるものの、そんなお伽噺《とぎばなし》を本気で信じている者はほとんどいないはず。

生活のためならば、地上で普通に働けばよい。少なくとも命を落とすことはないだろう。

「だから、カトレノアさん。今の君の状態は、君がまともである証拠だよ」

よかったねという感じで、シェルパは言った。

「明日も明後日《あさって》も、君が何も感じなくなるまで、この訓練は続く。よほどの覚悟があるなら、あえて止めはしないけれど、ね？」

――君には、そんなものはないだろう？

省略された言葉が胸を抉《えぐ》る。

「今日は家に帰って、ゆっくり休むといいよ」

――そして明日から、まともな生活に戻りなさい。

再び、鼻歌が響いてきた。

カトレノアは歯噛みしたが、心のうちでは確かにと納得している自分に気づいていた。

これだけ苦しみ、淑女としてはあるまじき醜態《しゅうたい》を晒してまで、迷宮探索を行う意義とは何だろうか。

冒険者としての矜持《きょうじ》など、自分にはない。

あるのは、ただ子供じみた理由だけ。

隣を歩くマリエーテの様子をそっと窺う。

夕焼けに照らされた少女の横顔は、何ものかに争《あらが》うかように厳しく、そして美しかった。

カトレノアは既視感《デジャビュ》を覚えた。

それは卒業式の日、屋上での一情景《ワンシーン》。

同時に、あの時の疑問も蘇った。

「マリンさん」

「なに？」

「あなたはどうして、冒険者に？」

「大切なひとを、助けるため」

あっさりと答えは返ってきた。

「あの迷宮には、私の大切なひとが囚《とら》われている。そのひとを助けるために、私は冒険者になった」

生活のためでも、〝終焉《ヌル》〟を防ぐためでも、ましてや緊迫感《スリル》を味わうためでもない。

あまりにも純粋な、子供じみた——

「無限迷宮の、どちらに？」

「地下八十階層」

「……っ！」

カトレノアは絶句した。

二百年以上に亘る歴史の中で、王都の冒険者たちの中でもごく限られたパーティだけが到達することができた、もっとも深き階層。

無理だと、カトレノアは思った。

マリエーテひとりでは、目的の階層にたどり着く前に、確実に命を落とす。

「ふん、ふん、ふ〜ん♪」

冒険者育成学校《アカデミー》でも孤立していた彼女に、信頼に足る優秀な仲間は現れるだろうか。

自分以外に。

頭の中が、ぐるぐると回る。

うまく考えがまとまらない。

「ふふん、ふ〜ん♪」

——お黙りなさいっ！


翌朝。

「……待っておりましたわよ。マリンさん」

〝暁《あかつき》の鞘《さや》〟本部の玄関先。目の下にくまを浮かべた明らかに寝不足の顔で、カトレノアは待っていた。

昨夜は無理やり夕食を胃の中に入れた。そして今朝は朝食を抜いた。

どうせ意味がないからである。

「……どうして？」

珍しく驚いたように、マリエーテが目を見開いた。

その表情を見られただけでも、ここに来た甲斐《かい》があったと、カトレノアは思った。

「あなたに迷宮探索を行う理由があるように、わたくしにも大切な理由がありますの」

それは、ひと晩考えに考え抜いて出した結論だった。

あるいは精神が異常状態に陥っており、冷静な判断ができていないだけかもしれないが、少なくとも後悔はしていない。

「その理由を失うことに比べたら、犬頭人《コボルド》ごとき、いくらでも虐殺《ぎゃくさつ》してみせますわ！」

完全に強がりだった。

マリエーテとともに、馬車で第一迷宮砦へと向かう。

道すがら、隣り合わせに座っていたマリエーテが、ちらりちらりと視線を向けてきた。学生時代の意趣返しとばかりに無視していると、とうとう根負けしたように聞いてくる。

「カトレノア」

「なんですの？」

「大切な理由って、何？」

カトレノアは条件付きで教えることにした。

「わたくしのことを愛称で呼んでいただけるのでしたら、特別に教えて差し上げてもよろしくてよ?」

マリエーテは一瞬、言葉につまったものの、

「……カレン」

それを聞いて、カトレノアは貴淑女《フェアレディ》にふさわしい、謎めいた微笑を浮かべた。

「わたくしの理由は、あなたと同じですわ」

大切なひとを——支援《たすけ》る。

(19)

本人の希望により、カトレノアは正式に〝暁《あかつき》の鞘《さや》〟に所属することになった。ただし、両親の了承を得られたならば、という条件がつけられた。

「わたくしはすでに、冒険者育成学校《アカデミー》を卒業して独り立ちした身。自分の将来くらい自分で決められますもの。両親の許可など不要ですわ」

「そうはいきません」

ぴしゃりとシズが言った。

「あなたのご実家であるボルテック商会は、王都の経済界に対してとても大きな影響力を有しています。そのご令嬢を、ご両親の許可も得ずクランに所属させたとあっては、我々〝暁《あかつき》の鞘《さや》〟の信用問題にもかかわりますから」

一方のロウは、まいったなぁという感じで頭をかいた。

「優秀な魔術師さんが加入してくれるのは嬉しいんだけど。ほら、うちは吹けば飛びそうな零細クランだから。君の身に何かあったら、ね？」

一向に煮え切らない態度に、カトレノアは苛立《いらだ》ちを隠せなかった。

このおさげのシェルパは、訓練と称して彼女に苦行を押し付けてきた。犬頭人《コボルド》の惨殺《ざんさつ》に始まり、泥蛞蝓《ヌーラン》との格闘、臭腐草《ガッス》の刈り取り、多足甲蟲《ゲジック》の殲滅《せんめつ》――と、不人気魔物《モンスター》との闘いばかりである。

もはや嫌がらせとしか思えなかった。

マリエーテがいなければ、おそらくカトレノアは耐えられなかっただろう。淑女としてはあるまじき行為だが、ひとり高みの見物をしているシェルパの尻を蹴飛ばし、泣きながら逃げ出していたに違いない。

しかし、彼女は耐えきってみせた。

「一応、俺とシズさんとでご挨拶に行ってくるから、カトレノアさんはご両親に面会予約《アポイント》をとってくれるかな？　もし反対されたら、その時は縁がなかったということで」

このシェルパからは、熱意というものがまるで感じられなかった。それどころか、世間知らずのお嬢さまは面倒だから、できれば追い払いたいなどと考えているふしすら見受けられた。

このまま任せてはおけない。

「わ、分かりましたわ」

カトレノアは決意の笑みを浮かべた。

商売は根回しが肝要。交渉人が頼りにならないのであれば、自ら親に訴えかけて説得してしまえばよいのだ。

戦う前から勝っている——それは商売の基本であり、また極意なのだから。


「……少し、意外でした」

辻馬車でカトレノアの実家へと向かう道すがら、シズはロウに疑問をぶつけた。

「あなたのことですから、ボルテック商会から経済的援助を引き出すために、カトレノアを無理やり〝暁《あかつき》の鞘《さや》〟に引き入れるのではないかと思ったのですが」

「ヌークさんもそうですが、あまり人聞きのわるいことを言わないでください」

苦笑しつつ、ロウは説明した。

「冒険者の選定については、妥協するつもりはありませんよ。彼らは迷宮探索の要《かなめ》ですから。当然のことながら、クランの運営とは別の対応《アプローチ》が必要になります」

〝暁《あかつき》の鞘《さや》〟は資金を稼ぐために迷宮探索を行うわけではない。資金を使って、ただひとつの目標を達成するために存在するのだから。

「なるほど。理解しました」

目的と手段を履き違えてはいけない。自分を戒めるとともに、密かにロウのことを見直したシズだったが、

「それに」

続くロウの言葉に、拭えぬ疑念を抱いた。

「あの年ごろの子は難しいですからね。特に大人が決めた方針に対しては、強く反発する傾向があります。ですが、自分で決めたことには意固地になったりもする。同じ場所で友達が頑張っているとなれば、なおさらです」

まさかとは思うが、焚きつけたのではあるまいな。


空区の一等地にあるカトレノアの実家は、予想に違《たが》わぬ豪華な屋敷だった。玄関先からは中庭に咲き誇る薔薇の庭園の一部を覗くことができる。

「〝暁《あかつき》の鞘《さや》〟の、シズさまとロウさまでございますね。お待ちしておりました」

玄関で迎えたのは、銀髪を後ろに撫でつけた老紳士だった。ハリスマンという名の執事だという。

案内されたのは、落ち着いた色合いの家具や調度品で飾られた応接室だった。

「おふたりとも、お待ちしておりましたわ！」

艶《あで》やかな式衣装《ドレス》姿のカトレノアが入ってくる。

ずいぶんと気合の入った表情だ。

おそらく彼女は、何日もかけて――健気にも両親を説得したのだろう。その心情を思いやり、シズは憐憫《れんびん》の視線を向けた。

続いて中年の男女と、二十代と思《おぼ》しき青年が入ってくる。

カトレノアが間に入る形で自己紹介が行われた。

「こちらが、父と母ですわ」

豊かな髭《ひげ》を蓄えた貫禄の紳士、ボルテック商会のバロッサ会長と、柔和な微笑みをたたえているロジィ夫人である。

王都の名士であり、またかつての〝宵闇《よいやみ》の剣《つるぎ》〟の支援者《スポンサー》でもあったため、当然のことながらシズはその名を知っていた。

「そしてこちらが、兄ですの」

カトレノアの表情が少し不満げなものに変わる。

「同席する必要はないと、何度も申し上げましたのに」

「何を馬鹿な。可愛い妹の、将来にかかわる大切な話ではないか！」

「お兄さまには関係のないことです。お忙しい身なのですから、早く仕事場にお戻りあそばせ」

「仕事なんぞ、どうでもいい！」

面倒そうな人物が現れたと、シズは内心げんなりした。

話し合いの前から落ち着きのないことだったが、

「おふた方――」

こほんと老執事が咳払いをすると、兄妹《きょうだい》はバツがわるそうな顔になり、居住まいを正した。

「これは失礼した。私は、アルベルト。カトレノアの兄です」

年代物の古風なソファーに腰を落ち着け、香り高い紅茶が準備されたところで、ようやく場が整う。

「失礼ながら。神子《みこ》さまのお父君――とお呼びしたほうがよろしいですかな？」

慎重さを含んだバロッサ会長の問いかけに、ロウはごくさりげない口調で答えた。

「ロウで結構ですよ。確かに私はミユリの父親ですが、クランにおいては、一シェルパに過ぎませんから」

ふた月ほど前に行われた〝レベルアップの儀〟には、ミユリだけでなく、カトレノアの妹であるキャティも参加していた。観覧席には彼女の両親――バロッサとロジィ夫人も応援に来ており、そこで神子《みこ》の父親――ロウの存在を知ったのである。

「もともと私は、タイロスという田舎町でシェルパをしておりまして。そこで、迷宮攻略にやってきたユイカと知り合ったのです」

ごく端的に、ロウは事情を説明した。

あとはお察しの通り、というわけだ。

「ほほう、さようでしたか」

「黒姫さまとシェルパの出会い。ロマンスですわねぇ」

バロッサが興味深そうに頷き、ロジィ夫人がうっとりとため息をつく。

「ご存知ですかな？　我々ボルテック商会と、かつてユイカさまが結成された〝宵闇《よいやみ》の剣《つるぎ》〟とは、浅からぬ縁があったということを」

バロッサが切り出した話に、シズが応じた。

「ええ、存じ上げております。わたくしは〝宵闇《よいやみ》の剣《つるぎ》〟の資金運営を任されておりましたので。多大なるご支援をいただきましたことを、この場を借りてお礼申し上げますわ」

「おお、さようでしたか。いや、お気になさらず。我が社の商品を使っていただき、こちらも〝黒姫さま御用達《ごようたし》〟の看板をいただきましたからな。あのころは活気があってよかった。はっはっは」

豊かな笑い声が応接室に響く。

互いに情報を出し合いつつ、その距離をつめていく大人の会話のやり取りに、主役であるはずの少女は我慢ならなかったようだ。頬を膨らませて、拗ねたように文句を言う。

「もうっ。今日は、わたくしのクラン加入についての話し合いのはずですわよ！」

「すまんすまん、そうだったな」

口火を切ったのは、不機嫌そうな表情を隠そうともしない兄、アルベルトだった。

「私は、反対です」

「お兄さまっ」

「当然だろう。仮入会とやらの間、お前はぼろぼろになっていたではないか。そもそもクランなどという組織自体が信用ならん。お前の実力ではなく、商会《うち》の援助をあてにしているのではないか？」

さすがに父親が諫《いさ》めた。

「これ、アル。失礼なことを言うでない！」

「父上、今回はカレンの大事《だいじ》。申し訳ありませんが、商売抜きで話をさせていただきます」

「伝統ある商会を継ごうという者が、身内のことで取り乱しおって。いや、〝暁《あかつき》の鞘《さや》〟さん、お招きしておきながら、まことに申し訳ない」

気まずい雰囲気の中、にこやかにロウが言った。

「いえ、アルベルトさんのご心配はごもっともですよ。私にも大切な〝妹〟がいますから、お気持ちはとてもよく分かります」

「……ほう」

バロッサ会長の目が細まる。

「特に我々のように、現在の無限迷宮における最深到達階層――つまり、地下八十階層を目指そうという、クランであるならば」

「な、なんだと」

それほど本格的《ガチ》なクランとは思わなかったのか、アルベルトが驚きの声を上げた。

「ですから、学生気分でクランに所属されてはこちらが困ります。申し訳ありませんが、お嬢さんを試させていただきました」

「え？」

こちらも驚くカトレノア。

安全を確保できる浅階層《せんかいそう》で、もっとも不人気の魔物たちとの戦闘の繰り返し。まともな人間性を殺し、不快感に耐え、身の毛もよだつおぞましさにさえ慣れる。

「熟練《ベテラン》の冒険者でも音を上げるほどの試練を、お嬢さんは見事乗り越えたのです。大地母神への強い信仰心か、〝終焉《ヌル》〟を防ぐという使命感か。おそらく彼女の中には、私などではかることのできない強い目的意識がおありなのでしょう」

カトレノアの母親はにこにこしている。父親と兄が、そうなのかという感じで少女に目を向けた。

金髪の少女はぎこちなく目を逸らした。

「こうなると、話は変わってきます」

ロウは熱心に、カトレノアが将来有望な冒険者であることを語り出した。

曰く、冒険者育成学校《アカデミー》を優秀な成績で卒業した。十五歳という若さで冒険者レベルはすでに五に達している。強力な攻撃魔法ギフトを有した魔法使いであり、剣術においてもしっかりとした修練を積んでいる。潜行《ダイブ》に同行した感想としては、冷静かつ判断力も的確で、単体の戦闘だけでなく、仲間との位置関係や呼吸を読みながら行動することができる。これはパーティ戦略を考える上でも、非常に好ましい資質である。

予想外の高評価に戸惑いつつ真っ赤になっているカトレノアを見て、シズは不安になった。

一度叩き落として、這《は》い上がってきたところを手放しで褒め称える。

これは精神状態の落差《ギャップ》につけ込んだ心理操作ではないのか。

「当然のことながら、他の冒険者パーティも放ってはおかないでしょう。今後、熾烈《しれつ》な勧誘合戦が始まると予想されますが。その前にできれば、カトレノアさんを我々のクランに招き入れて、育てていきたい。シズさん、資料を」

「は、はい」

それはロウに命じられてシズが作成した、〝暁《あかつき》の鞘《さや》〟の概要書だった。

クラン設立の目的と運営方針。拠点の設備および支援要員の紹介。専属契約している医師について。所属する冒険者に対するメリットや迷宮内で得た利益の分配方法なども明記されている。

将来有望とはいえ、新人冒険者に対してこれほどの条件を提示できるパーティはどこにもないだろう。

これこそがクランの強みと言えた。

「我々は、王都にいるどの冒険者パーティよりも強い覚悟を持って迷宮探索に挑むつもりです。しかし、大きな目標を達成するためには、何よりも優秀な冒険者が必要なのです。ぜひとも、カトレノアさんの力をお借りしたい！」

熱い主張が終わると、しばしの沈黙が訪れた。

「〝暁《あかつき》の鞘《さや》〟さんのお考えは、よく分かりました」

穏やかな表情と口調で頷くと、バロッサは娘を促した。

「カレン。お前は自分の部屋に戻っていなさい。私は〝暁《あかつき》の鞘《さや》〟さんと、少しばかり込み入った話があるから」

「で、ですがお父さま」

「ここ数日、お前の気持ちはいっぱい聞いたよ。一度決めたことを決して曲げない頑固さも、よう く分かっている。さ、二階にお上がり」

(20)

「クランの本部というよりは、まるで宿泊施設《ホテル》ですな」

「もともとは、教団関係者が利用する慰労施設として使われておりましたので」

「なるほど。ベッドも絨毯《じゅうたん》も、調度品の質は見事なもの。一流の宿泊施設《ホテル》にも引けを取らない豪華さですな」

「お恥ずかしい限りです」

銀髪の執事ハリスマンの感想に、シズは恐縮したように答えた。

清貧を貴ぶ大地母神教の聖職者としては、ユイカが教団の広告塔として活躍した時代に潤沢な寄付金を使って建てられた上級聖職者向けの慰労施設など、負の遺産でしかなかった。はからずも資金集めの片棒を担ぐことになったシズとしては、身の竦む思いである。

実際、ユイカを失い教団の財政状況が厳しくなると、この豪華な施設は批判の対象となり、責任回避を図る上層部の意向で、すぐさま売りに出されることになった。

だが、清らかな信仰心にて建築され、女神の祝福を受けた施設を投げ売りするわけにもいかず、この屋敷は高値で買い手もつかないまま、思い出したくもない古傷のように放置されていたのである。

「では次に、地下にご案内します」

「地下に何が？」

「もともとはワイン倉庫だったのですが、訓練場として利用しています」

〝暁《あかつき》の鞘《さや》〟の本部を案内するシズと、穏やかそうな表情だが、鋭い観察眼で確認していくハリスマン。

その後ろには、ふたりの少女がいた。

カトレノアは落ち着かない様子でそわそわしている。いっしょに案内してあげなさいとロウに命じられてしぶしぶ従うことになったマリエーテは、無表情のままカトレノアの隣にいるだけだ。

「ハリスは、お父さまとお母さまから絶大な信頼を寄せられていますの。もしここが、わたくしにふさわしくない場所だと判断されたなら、その時は――」

「家出すればいい」

こともなげに言ってのけたマリエーテに、カトレノアはぱちりと瞬きをする。

「わたくしが家出をしたら、ここに住まわせてもらえますの？」

「お兄ちゃんがいいと言ったら」

「マリンさんも、いっしょに説得してくださいます？」

予想外の要望に、マリエーテは戸惑いつつも了承した。

「……別に、構わないけど」

「それならば、安心ですわ」

三階は女性専用の居室フロアー。二階は男性専用の居室フロアー。そして一階には玄関ロビー、食堂、調理場、事務室、応接室などがある。もと宿泊施設《ホテル》だけあって、風呂やトイレも男女別になっており、巨大な地下倉庫と氷室《ひむろ》まで備えていた。

また、敷地面積の半分ほどもある大きな庭には――

「ふむ。日当たりもよく、お茶を楽しむにはよさそうな場所ですが、少し寂しいですな」

かつては様々な草花が咲き誇っていたはずの場所には小石が敷きつめられていた。

「クランは、お客さまをもてなす場所ではありませんので」

残念ながら迷宮攻略に不必要な設備に人手や金をかけられないという、シズの判断である。

「この場所に、例のものを作ってはどうかと考えています」

「なるほど」

何かを検討するかのように、ハリスマンは頷いた。

施設内の案内が終わると執務室に戻り、プリエが作った焼き菓子とミユリがいれたお茶で一服する。

ちなみにロウは何も仕事をしていない。〝暁《あかつき》の鞘《さや》〟の影の支配者たる彼であるが、表向きは一介のシェルパである。

「そ、それで。どうですの、ハリス？」

ハリスマンは、カトレノアの両親――バロッサ会長とロジィ夫人の意向を受けて、〝暁《あかつき》の鞘《さや》〟の施設と設備を確認するために訪問していた。

カトレノアはこの視察が〝暁《あかつき》の鞘《さや》〟へ加入するための最終審査だと思っているようだが、実際のところは違う。

どちらかといえば、工事のための下見だった。

カトレノアの両親との面談は、当の本人である少女が二階の自室に戻った後、少々きな臭い話となった。

「どうかね、お前。〝暁《あかつき》の鞘《さや》〟さんは、信頼できるクランだと、私は思うのだが」

　バロッサの言葉に、ロジィ夫人は力強く頷いた。

「ええ、あなた。それに、カレンはこれほどまでに望まれて、あちらさまに迎え入れられるのですもの。とても幸せなことだと思いますわ」

　まるで娘を嫁に出す両親のような会話だと、シズは思った。

「お前もいいな、アル」

「…………」

　やや妹思いが行き過ぎている感のあるアルベルトは、頷きもせず、口元を引き締めただけだった。

「それはそれと、ロウさん」

「なんでしょうか」

　バロッサがずいとにじり寄ってきた。

「先ほどの資料ですが、クランの戦闘要員の中に、〝妹巫女〟、マリエーテさまのお名前がありましたな」

「ありましたね」

「ひょっとすると、彼女は」

「ええ、私の妹です」

ユイカの義妹《いもうと》であるマリエーテ。そしてミユリの父親であるロウ。これらの情報からロウとマリエーテの関係を推察することは難しくない。

ロウもあえて気づかせたふしがあった。

「息子のミユリは、キャティさんと同じ学級だそうですし、妹のマリエーテはカトレノアさんと同じ学年で、しかも同期の冒険者です。我々は、何かとご縁があるようですね」

「いや、まことに」

バロッサ会長は上機嫌に笑った。

「商売とは、縁を繋いで互いに花を開かせるもの。我々ボルテック商会としても、〝暁《あかつき》の鞘《さや》〟さんの活動に協力させていただきたいと考えておるのです。ハリス、例のものを――」

「こちらにございます」

いつの間にか銀髪の老執事が抱えていたのは、淡い色の液体がつまったガラス瓶だった。

興味深そうに観察して、ロウは聞いた。

「これは、双効《デュアル》ポーションですか？」

「ご慧眼《けいがん》ですな。我々の新商品です」

迷宮内で採取される薬草から抽出される魔法薬《ポーション》には、体力回復、持久力回復、精神力回復、魔力回復といった様々な効果がある。

双効《デュアル》ポーションとは複数の効果をもたらすポーションのことだが、異なる種類のポーションをただ混ぜ合わせればよいというわけではない。触媒となる素材が必要となるし、効果も薄れてしまう。

バロッサ会長は自慢げに説明した。

「ですが我々は、とある特殊な触媒を使うことで、それぞれの効果を打ち消すことなく、共存させることに成功したのです」

ここ数年、ポーション業界においてボルテック商会が苦戦をしていることを、シズは知っていた。

おそらく巻き返しを図るための新商品なのだろうが、迷宮内で使用する道具や消耗品は、信用が第一である。多少よいものが出たとしても、冒険者たちは簡単に飛びついたりしない。

「ぜひとも迷宮内でお試しくだされ」

ようするにボルテック商会としては、今をときめく〝妹巫女さま御用達《ごようたし》〟の看板が欲しいのだ。

交渉相手が〝妹巫女〟の兄ということであれば、申し分ないといったところか。

「——父上っ！」

先ほどから不機嫌そうにしていたアルベルトが、もはや我慢ならぬとばかりに立ち上がった。

「カレンの命がかかっているというのに、商売などと、正気ですか？」

「ええい、黙りなさい！」

バロッサ会長は言い返した。

「カトレノアは一度言い出したら聞かない性格だ。私やお前が説得したところで無駄だし、むしろ逆効果だろう。最悪、喧嘩別《けんかわか》れをして家を出ていくことになる。つまりいくら心配したところで、冒険者になることは決定しているのだ」

「……うっ」

「その上で商売のことを考えて、何がわるい！」

アルベルトは力なくソファーに腰を下ろすと、両手で顔を覆ってうなだれた。

「ああ、可哀想《かわいそう》な私のカレン。昔はお兄さまお兄さまと、危なっかしい足取りで駆け寄ってきたのに。雷《かみなり》の夜には、枕を抱えながら私の部屋に忍び込んできたというのに。迷宮の奥深くでは、助けてやることもできない」

「できなくはないですよ」

面倒くさい反応を見せるアルベルトに対して、ロウはさりげなく提案した。

「遺失品物《アーティファクト》です」

「……なに？」

どんなに優秀な冒険者であっても、慎重に慎重を重ねて迷宮探索を行ったとしても、危険がゼロということはない。

特に、魔法使いは不意を突かれると弱い。

そんな時に、合言葉《キーワード》を口にするだけで魔法が発現する遺失品物《アーティファクト》があれば、窮地を脱することができるだろう。

「ようするに、実《じつ》のあるお守りというわけです」

「なるほど」

納得しかけたところで、アルベルトは何かに気づいたようだ。

「き、貴様——口ではお為《ため》ごかしを言いながら、結局のところは、こちらの資金援助が目的ではないか！」

「これは、投資ですよ」

まるで商売人のようにロウは語りかけた。

「冒険者ギルドはまだ公開していませんが、マリエーテは〝逆差時計《さかさどけい》〟という時属性の魔法が使えます。その効果は、魔法製品《マジックアイテム》の時間を巻き戻すというもの。つまり、一度きりの消耗品である遺失品物《アーティファクト》が、繰り返し使用可能となるのです」

ロウは〝逆差時計《さかさどけい》〟の効果が発揮される対象物を、魔法製品《マジックアイテム》のみに限定した。おそらく、この魔法の価値と危険性を考えてのことだろう。

たとえば、歴史的価値のある美術品を壊し、保険金を受け取った上で〝逆差時計《さかさどけい》〟を使えば、美術品も保険金も手に入れることができる。

このような犯罪行為に巻き込まれるわけにはいかないし、可能性すら排除しなくてはならない。

「それは、本当ですか？」

効果を限定した上でもその価値は計り知れなかったようで、バロッサ会長は驚愕《きょうがく》の表情を浮かべた。

「はい。いずれは誰かが気づくはずです。遺失品物《アーティファクト》の価値が、一気に跳ね上がるだろうと」

「ま、まさに」

「我々も、王都内で遺失品物《アーティファクト》を探してはいるのですが、地方に散らばったものとなると、完全にお手上げでして」

だが、広大な流通網を持つ大商会であれば、情報を集め、買い集めることができるはず。

「仮に遺失品物《アーティファクト》が入手できた場合、直接お嬢さんにお渡しいただいても構いませんが、教団を通して寄付していただければ、節税対策にもなります。もちろんどちらの場合でも、遺失品物《アーティファクト》の所有権はお嬢さんに設定しますので、ご安心を」

そして使用権は〝暁《あかつき》の鞘《さや》〟のもの、というわけだ。

「し、信じられるものか」

なおも食い下がるアルベルトに、待ってましたとばかりにロウが笑った。

「ではアルベルトさんの疑念を払拭《ふっしょく》するためにも、後日、マリエーテの紹介も兼ねて、実演《デモンストレーション》をさせましょうか」

「おお、それは素晴らしい」

「父上っ！」

これはいったい何の話だったかと、シズは自問した。

カトレノアを〝暁《あかつき》の鞘《さや》〟へ加入させるための、家族に対する面談ではなかったのか。

この屋敷に来る道すがら、シズはロウに、ボルテック商会の援助を引き出すためにカトレノアをクランに引き入れるかと聞いた。

苦笑しつつ、ロウは否定した。

冒険者は迷宮探索の要《かなめ》。クランの運用とは別のアプローチが必要なのだと。

だが実際は、カトレノアに試練を与えた上で、まるで人質のように使って、ボルテック商会の援助を最大限に引き出そうとしているではないか。

かつてシズは、ユイカからロウの評価を聞いたことがあった。

『敵にすればそら恐ろしいが、味方にすればこれほど頼もしい男はいないぞ。何せダーリンは、タイロスの町と冒険者ギルドと案内人ギルドの三者を、たったひとりで手玉にとった男だからな』

恐ろしさと頼もしさ、その両方を経験しているシズとしては、素直に喜ぶことができなかった。

話は変わって、カトレノアの居住地についての議論になった。

同じ空区内なのだから、実家から通えばよいと主張するアルベルトに、ロウが淡々と、クランの拠点で生活することの利点を説明した。

すでに〝暁《あかつき》の鞘《さや》〟の概要書に記されていることでもあったし、迷宮からの生還率を高めるためにも、一流の冒険者になるまでは集中して知識の習得や訓練ができる環境に身を置くべきだというロウの主張は理に適《かな》っていた。

また、カトレノア自身が希望していることからも、アルベルトの意見は通りそうもなかった。

不利を悟ったのか、アルベルトは逆上した。

「父上も母上もご覧になったでしょう。可哀想なカレンの、あのやつれきった姿を。今後も同じようなことが起こらないとも限りません。そんな時に家族が気づいてやれず、元気づけてやることもできないのでは――」

「こちらから、定期的に報告書を提出しますよ」

「信用できるものか！」

「そこまでおっしゃるのであれば」

やれやれしかたがないという感じで、ロウが提案した。

「実は〝暁《あかつき》の鞘《さや》〟に所属する冒険者のために、専用の馬車が必要だと考えていたのです」

防犯対策にもなるし、移動によって冒険者を――つまりはカトレノアを不必要に疲労させることもない。

「ですが、我々はクランを立ち上げたばかりで、余裕がありません。もしよろしければ、馬車一式と御者の方をそちらから派遣していただく、というのはいかがでしょうか？」

つまりは、信用の置ける御者からカトレノアの様子を聞けばよい、ということである。


「まったく、申し分ありませんな」

〝暁《あかつき》の鞘《さや》〟本部の視察を終えた銀髪の老紳士――ハリスマンの答えに、カトレノアは心から安堵の吐息をついた。

椅子から立ち上がると、少し後方に下がって、

「これからお世話になるカトレノアですわ。〝暁《あかつき》の鞘《さや》〟の皆さま、よしなに」

スカートの裾を摘んで、優雅に一礼する。

やや戸惑いがちながらも、ぱらぱらと拍手が湧き起こる。

「同じく。御者を務めさせていただく、ハリスマンと申します」

銀髪の老紳士に対しても拍手が送られた。

「それで、ハリスマンさん。お馬はいつ来るのですか？」

期待に満ちたミユリの問いに、ハリスマンはにこりと笑う。

「ハリスで結構ですよ、ミユリ殿。馬小屋を建ててからになりますので、半月くらいはかかるかと」

「僕も、お世話をしたいです」

「もちろん、構いませんとも」

タエとプリエも喜んでいる。

「これで、辻馬車も呼ばなくていいし、買い物も楽になるわね」

「あのぅ、ハリスさん。私たちの家まで送ってくださるというのは、本当ですか？」

「もちろんです。タエ殿もプリエ殿も、〝暁《あかつき》の鞘《さや》〟の大切な一員なのですから。責任を持ってお送りいたしますよ」

ひとり、カトレノアはきょろきょろしている。

「ああそれから、シズ殿」

「はい。なんでしょうか」

「馬小屋と車庫を作ったとしても、ここの敷地には余裕があるようです。できれば、庭木や草花を植えたいと思うのですが」

「管理はできるのですか？」

「はい。奥さまの手伝いをしているうちに覚えまして。実は、いつかは自分の庭園を持ちたいと考えていたのです」

シズはお茶を飲んでいるロウに視線を向けた。

「代表のよいように」

「では、お願いいたします。肩書きは、御者と庭師ですね」

「そうなりますな」

「ちょっと、お待ちになって！」

たまらず、カトレノアが疑問をぶつけた。

「ハリス、いったい何の話をしていますの？　御者だとか、庭師だとか、どうしてあなたが——」

「ハリスマンさんも、〝暁《あかつき》の鞘《さや》〟のメンバーになる。昨日発表された。なぜカレンは知らないの？」

逆にマリエーテに問い返され、カトレノアは狼狽《うろた》えてしまう。

それは彼女の家族が教えてくれなかったからだ。いや、行きの馬車の中でハリスマンからそれらしい説明を聞いたような気もするが、今日の視察のことが気がかりだったカトレノアは完全に聞き流していた。

「カレンお嬢さま、お忘れですか?」

銀髪の老紳士は、首につけていた紐《ひも》ネクタイを取り去った。

「もともと私は、アルベルト坊ちゃまの剣術指南役として招かれたのです」

そして彼は、カトレノアの剣術の師でもあった。

「ですが、これまでお嬢さまにお教えしたのは、あくまでも護身用の対人の剣。迷宮内に棲まう魔物と戦うには、別の技も必要となりますゆえ」

つまりは、剣術指南兼お目つけ役として同居するというのだ。

「き、聞いておりませんことよ!」

「はて。馬車の中でお話しいたしましたが」

その後、ハリスマンがもと冒険者であり、引退した時のレベルが十三だったことが判明したことで、騒ぎはさらに大きくなった。

(21)

誰もいない応接室でひとり、タニスは落ち着かない様子でソファーに座っていた。
最初はごく軽い気持ちで――いや、気の迷いで申し込んだだけだったのに、ここにきて、やはりやめておけばよかったと後悔し始めたのだ。

きっかけは、冒険者ギルド内にある掲示板に貼り出されていた、一枚のお知らせだった。

『あなたのパーティに関する悩みや問題ごとについて、ご相談をお受けいたします。お申し込みは受付窓口にて。パーティ相談調整担当《コンサル》』

タニスが率いる冒険者パーティ〝悠々迷宮《ゆうゆうめいきゅう》〟は、少々やっかいな問題ごとを抱えていた。

それはメンバー間の人間関係だった。

迷宮探索における目標の相違、収益性の悪化による生活苦、性格の不一致、有用なギフトの差——パーティ内の不協和音は数あれど、その解散の理由は、便利なひと言で言い表せる。

すなわち、〝冒険性の違い〟である。

冒険者たちは我が強い。しかも命が懸かっているため、妥協を許すことができない。よほど気の置けない関係か古くからの知り合いでない限り、結成当初のパーティメンバーのまま迷宮探索を続けていくことは難しいのだ。

そんなことくらいタニスも重々承知していたのだが、自分だけは違うという根拠のない自信は見事に崩れ去り、結局のところ〝悠々迷宮《ゆうゆうめいきゅう》〟は、他の凡百《ぼんぴゃく》のパーティと同じ状況に陥ってしまっていた。

「どうも、お待たせした」

応接室に入ってきたのは、ふたりの男だった。

ひとりは浅黒い肌をした中年の男で、眉がなく、彫りが深く、かなり強面の……。

「——って、ギルド長？」

その人物は、もと勇者パーティ〝宵闇《よいやみ》の剣《つるぎ》〟のメンバーであり、現冒険者ギルド長のヌークだった。

王都出身で子供のころから冒険者に憧れていたタニスは、冒険者街道を行進《パレード》する冒険者たちを欠かさず見物しており、玄人好みの冒険者スタイルでいまいち人気のなかったヌークのことを記憶していた。

「お、お会いできて光栄です。しかしギルド長が、どうしてここに？」

「…………」

無言のまま、ヌークはタニスをじっと見据えた。

「い、いいえ。別に、文句があるわけではなくて。その……」

恐ろしいまでの重圧《プレッシャー》を感じ、タニスは震え上がった。

さすがはもと伝説の冒険者である。レベル三の初級冒険者《ひよっこ》である自分とは、格が違う。

「ああ、ギルド長のことは気にしないでください。怒っているわけではなくて、地顔ですから」

のんびりとした口調で話しかけたのは、もうひとりの男、おさげ髪の青年だった。年齢は二十歳過ぎくらいだろうか。こちらはにこにこと、愛想のよい笑顔である。

「はじめまして。ロウと申します」

「こちらこそ。その、〝悠々迷宮《ゆうゆうめいきゅう》〟のタニスです」

「冒険者ギルド長のヌークだ」

「は、はい。どうも」

三人が着席すると、おさげの男——ロウが、パーティ相談調整《コンサル》についての説明を始めた。

「基本的に冒険者ギルドは、所属する冒険者たちに対して不干渉というのが原則でした。もちろんそれは、公平や平等といった名分があったからですが、そのためにギルドと冒険者との間に壁を作ることになり、互いにいらぬ不信感を持ったり、防げていたはずの問題が大ごとになったり——とまあ、少し残念な関係になっていたわけです」

なんとなくではあるが、タニスはロウの言わんとすることを理解することができた。

冒険者にとって冒険者ギルドは、対等の仲間という感じではない。

冒険者が命を懸けて迷宮内から持ち帰った貴重な薬草や結晶鉱石、そして魔物の成果品《ドロップアイテム》などを、ギルドは無理やり買い上げ、莫大な利益を得ている。

どちらかといえば、雇用主と従業員という関係に近いのではないか。

また冒険者のギフトや魔物の情報を無償で提供させるくせに、ちっとも還元しない。

そのくせ、何かと問題ごとを起こす冒険者のことを、ギルド側は迷惑に思っているふしがある。

だからといって、冒険者ギルド自体は存在してもらわなくては困るし、敵対するわけにもいかない。

ロウの言う通り、見えない壁を挟んで互いに不干渉という関係がしっくりくるように思えた。

「ですが、このままでは」

さらりとロウは言った。

「無限迷宮を攻略することはできません」

思わず頷いてしまったものの、タニスは驚きを隠せなかった。

「む、無限迷宮を攻略、ですか」

「ええ。もちろん、冒険者《みなさん》がそれぞれの理由と目標を持って迷宮探索をしていることは、存じ上げています。ですが冒険者ギルドの本分は、大地母神《ギャラティカ》さまの教えに従い、国中の迷宮を攻略して、〝終焉《ヌル》の予言〟を回避することにあるのですから」

かつて、この壮大な目標を本気で実現しようと立ち上がった女冒険者がいたことを、タニスは知っている。

その者は美しく、強かった。

魔物を操るギフトを使い、わずか五年足らずで〝東の勇者〟の地位にまで上りつめたのである。

子供心にもタニスが憧れていた彼女は、もういない。

「タニスさんもご存知かとは思いますが、ここ数年、無限迷宮の探索実績は落ち込んでいます」

勇者パーティであったとしても、到達階層は地下七十階層がせいぜいといったところ。冒険者番付表の入れ替わりは激しく、期待できる冒険者パーティが出てきても、すぐに解散し、メンバー全員がそろって引退したりしてしまう。

「この事態に、冒険者ギルドとしても大いに危機感を持っておりまして。今後は様々な改革が必要だと考えているのです」

「はぁ」

としか答えようがない。

「その一環として、このたび、冒険者ギルド内にパーティ相談調整部門《コンサル》を開設しました」

その業務内容は多岐に渡る。

パーティ内の相談受け付けはもちろんのこと、〝遠征〟を行うパーティ間の調整、パーティ戦術の考察、メンバーの斡旋《あっせん》など、様々な支援を行う予定だという。

「とはいえ、今のところは〝お試し期間〟でして。皆さんの反応や評判を確認しつつ、今後の方針を決めていきたいと考えているところです。そういった事情もあって、今回はギルド長が同席しているんですよ」

「な、なるほど」

安っぽい貼り紙一枚にしては、ずいぶん壮大な計画ではないかと、タニスは気を引き締めた。

ロウはにこりと笑った。

「では、タニスさんに納得していただけたところで、ご相談をお受けしましょうか」

相談調整業務《コンサル》を終えてギルド長室に戻ると、ヌークは戸棚から芸術的な形をしたボトルの酒瓶を取り出して、ふたつのグラスに注いだ。

「お前もつき合え」

「まだ就業時間中では？」

ヌークはぎろりとロウを睨んだ。

「最近、誰かのせいで気苦労が絶えなくてな。酒でも飲まんとやっておれん」

王都における冒険者ギルド長の地位は高い。ある意味、王国すべての冒険者を統べる立場ともいえるだろう。何もしなくても贈り物は届けられてくるし、こういった酒は意外と飲む機会もなく、戸棚の飾りとなっていたりする。

「それで、彼をどう見た？」

ヌークの問いに、ロウはあっさりと評価を下した。

「少しもの足りないですね」

タニスは将来有望と目される若手冒険者である。

冒険者として登録してからまだ半年足らずだというのに、冒険者レベルはすでに三。

冒険者育成学校《アカデミー》の卒業生と比べるとレベルこそ低いかもしれないが、その分実戦経験を積んでいる。

そして――ここが冒険者ギルドとしては一番の評価ポイントであるが――生真面目な性格で、問題を起こさない。

高価な酒を飲みながら、ヌークは〝悠々迷宮《ゆうゆうめいきゅう》〟の資料を確認していた。

「魔法使いこそいないものの、重戦士がひとりとアクティブギフトを持つ軽戦士が三人、そして遊撃手か。バランスはよいと思うが」

「鍵になるのは、遊撃手の〝泥沼《どろぬま》〟ですね」

それは、円を描くようにして歩いた範囲内の地面が、泥沼になるという特殊なギフトだった。

「魔物を罠《わな》の中に追い込んで、その縁《ふち》で防御系のギフトを取得した重戦士が粘れば、飛行系以外の魔物を完封できるかもしれません」

もの足りないというのは、彼らが正攻法にこだわっているという点だった。

魔物に対してメンバーが交互に襲いかかる〝継手戦法《クラッチ》〟は、戦闘における華《はな》といえる。うまくはまれば実に気持ちがよい。メンバー同士の結束を高め、充足感を得ることもできる。

だが特殊なギフトや性質を持つ魔物に対しては、通用しない場合も多いのだ。

「一度絶体絶命の状況に陥って、なおかつ生還することができれば、あるいはひと皮剝《む》けるかもしれませんね」

「……おい」

もう酔っ払ったのかという感じで、ヌークが聞いた。

タニスの話では、パーティ内で火種になっている女冒険者の要望により、自分たちの適正レベル以上の階層に、初めて潜行《ダイブ》することが決まったようだ。

地下二十階層。

適正レベルは四。

〝悠々迷宮《ゆうゆうめいきゅう》〟が探索を予定している領域《エリア》は、地下二十階層の南西部、〝水晶墓場《すいしょうはかば》〟と呼ばれる領域《エリア》だった。

高い経験値を持つ雷光精霊《ウィルオウィスプ》という魔物が発生するため、〝おいしい〟狩り場として知られている。

「だいじょうぶですよ。タニス君には、〝お守り〟を渡しておきましたから」

「いざとなったら助けに入るか」

「まあ、そんなところです」

ようやく安心したのか、ヌークはグラスの酒を飲み干すと、ひと息ついた。

資料を眺めつつ、苦言を呈する。

「しかし、件《くだん》の女冒険者は問題だぞ。典型的な〝炎渦《えんか》の蛾《が》〟だ」

身の程を知らず、適正レベル以上の階層へ潜行《ダイブ》しようとする冒険者は、炎の中に自ら飛び込み身を焼かれていく蛾《が》に例えられる。

聖職者らしい重々しい口調で、ヌークは言った。

「たったひとりの身勝手が、パーティ全体を危険に晒すことは往々にしてある。パーティリーダーとしては辛《つら》いところだろうが、彼は――決断を下す時かもしれんな」

幹を真っ直ぐに伸ばすために、歪《いびつ》な枝を切り落とす決断を、だ。

(22)

「……今日も、ぼろぼろね」

王都の空区にて治療院を営んでいるサフラン女医は、このところ常連となっている少女たちを見下ろしながら、ため息をついた。

彼女の前に座っているのは、ふたりのうら若き冒険者。冒険者育成学校《アカデミー》を卒業してからまだ半年にもならない十五歳の少女で、ともに希少な魔法使い系の職種《クラス》を持つ。

マリエーテとカトレノアである。

「主治医として忠告しておくけれど。迷宮探索というのはね」

当たり前過ぎて誰もしないであろう忠告を、サフランは口にすることになった。

「毎日するものじゃないのよ？」

迷宮内では常に緊張に晒され続ける。また魔素が充満しており、体調にも影響が出る場合がある。一度迷宮探索を終えたら、最低でも二、三日は休暇を取って体力と精神の回復に努めるというのが、冒険者の常識だった。

いや、それ以前に。

何が嬉しいのか、にこにこと笑みを浮かべている金髪碧眼《へきがん》の美少女と、無表情だがどこか神秘的な雰囲気を持つ可憐な少女が地下迷宮に入《い》り浸《びた》り、ふたりそろって傷だらけになっているのは、かけがえのない青春の時間の使い方として、間違っているのではないかと思う。

同じ年ごろの娘を持つ親としては、他人事とは思えなかった。

治療の準備をしていると、カトレノアが興奮したように報告してきた。

「サフラン先生、今日はすごい発見がありましたの」

「あら、どんな？」

「わたくし、人型の魔物にとどめを刺す時に、どうしても気負ってしまう悪癖《あくへき》があったのですけれど。大声で笑いながら突き刺せばよいことに気づいたのですわ。心の痛みなど感じず、それどころか逆に、素晴らしい高揚感に包まれましたの！」

「…………」

魔物に病気《ディジーズ》でも移されたのではないかと、サフランは本気で疑った。

「ねぇ、マリンさん。あなたもお試しになってはいかが？」

「いい。私は人型《あいつら》を、邪悪な人形としか見てないから。他は、ぬいぐるみ」

「そういう方法も、ありですわね」

魔物を笑いながら倒す十五歳の少女と、無表情のまま倒す十五歳の少女。このままでは、取り返しのつかないことになるのではないか。

そんな葛藤に苛《さいな》まれつつ、サフランはカトレノアの頬に消毒液を塗っていく。

「ちゅぅ、しみますわっ」

隣のマリエーテが顔を青ざめさせた。

傷を作ることは平気なくせに、この少女は消毒の匂いと痛みが苦手なのである。

そのことを、子供のころからのかかりつけの医師だったサフランはよく知っていた。

「さあ、マリンちゃん。覚悟なさい」

「先生。私は〝治癒〟でいい、です」

「私の魔法は高いわよ？」

「だいじょうぶ。お兄ちゃんは効率重視だから」

救いを求めるように、マリエーテは部屋の隅にいるロウに視線を送った。

このおさげ髪の青年は、飲み会の帰りにいつもサフランの治療院に立ち寄っては、一番高価な〝浄化《じょうか》〟の魔法をかけさせる。その理由は、酔っ払っている時間が無駄だからだという。

なんとも風変わりな青年は、しかし軽く肩を竦めた。

「小さい擦り傷や切り傷は、自然に治したほうがいいんだよ。無理に魔法を使うと、あとが残ったりするからね」

「あら、詳しいのね」

「副業で少し薬学をかじっていましたから」

前途《ぜんと》あるふたりの冒険者の主治医として、サフランはロウに意見した。

さすがに過重労働《オーバーワーク》である。

ひとの身体は数値だけで表せるものではないし、成長期に無理をし過ぎると、ろくな結果にはならない。

「少しは加減なさい」

ロウは少し検討するそぶりを見せてから、ふたりの少女に微笑みかけた。

「それじゃ、今日はゆっくり休もうか」

カトレノアが目を輝かせた。

「マリンさん、やりましたわ！　夜の訓練はなしですって。パジャマで、ベッドの上で、存分に眠れますのよ！」

マリエーテがほっと息をつく。

「さすがに三日連続は厳しかった。お風呂に入りたい」

「湯沸かしは、わたくしの火の魔法で一発ですわ。ですから――」

「分かってる。お風呂上がりのアイスミルクティーは、私の氷魔法で――」

「ちょっと待ちなさい」

サフランが会話を止めた。

「ロウ君。夜の訓練というのは、何のことかしら？」

クラン専属の医師としては、所属する冒険者たちの訓練内容についても把握すべきだったが、何も聞いていない。

まいったなぁという感じで、ロウが頭をかいた。

「いや、その。あれは訓練というわけではなくて。日ごろの心がけというか……」

「カレンちゃん、教えなさい」

迷宮内で長期間に亘り探索を行う場合、当然のことながら地面の上で眠ることになる。その行為に慣れるために、ふたりはクラン本部の地下室で、迷宮探索用の装備を身につけたまま眠っているのだという。

「それだけではありませんわ。時おりロウさんが、フライパンを叩きながら、わたくしたちを起こしにいらっしゃいますの」

「や、それは」

ロウは苦しい言い訳をした。

「仮に魔物に襲撃を受けた時の、心構えというか。すぐに頭を切り替えて、戦わなくてはならない時もあるわけで」

「――鬼畜ね」

ひと言で、サフランは切って捨てた。

「あなたたち、それでいいの？」

もし強要させられているのであれば、〝暁《あかつき》の鞘《さや》〟への協力も考え直さなくてはならない。

そう考えたサフランだったが、

「とても理に適った訓練方法ですわ。それに、よそさまも同じことをされているのでしょう？」

世間知らずな金髪のお嬢さまは、不思議そうに問い返してきた。

さらにひどいのは、お兄ちゃんっ子の妹の反応だった。

ふふんという感じで、なぜか自慢げに褒め称える。

「大切な妹ですら、容赦なく〝犬頭人《コボルド》の穴〟に放り込む。そこがお兄ちゃんのすごいところ」

もはや、この子たちは手遅れではないのか。


治療を終えたところで、サフランは用件を切り出した。

「ひとつお願いしたいことがあるのだけれど。その、〝暁の鞘《あなたたち》〟のクランに」

「依頼《クエスト》案件ですか？」

あまり興味がなさそうに、ロウが聞いた。

「本来であれば冒険者ギルドを通すべきなのでしょうけど。ことがことだけに、ね」

「というと？」

それは同業の医師夫婦からの頼まれごとだった。

その夫妻にはひとり息子がいた。

「ノルド君っていう十七歳の子なんだけど」

彼には医師としての素養があった。両親も自分の後継ぎとして、ノルドに医師になることを期待していた。

「もちろん知識と技術さえあれば、誰でも医師になることはできるわ。でも、やはり魔法の存在は大きいの」

傷を癒やす〝治癒〟や〝快風〟、あらゆる種類の毒を抜き去る〝解毒〟、病気を治す〝聖炎〟、そしてすべての状態変化を治す〝浄化《じょうか》〟――と、回復系の魔法にはいくつかの種類があるが、これらはすべて大地母神《ギャラティカ》が授けてくれる魔法ギフトであり、取得できるかどうかは完全に運任せとなる。

「親御さんも、私財をなげうって魔核《まかく》を集めさせたのだけれど」

「魔法ギフトを得られなかった？」

「逆よ」

驚くべきことに、ノルドは冒険者としての才能があったらしい。

「ただ、彼が取得したのは雷属性だったの」

「ああ」

発現速度が速く、状態異常も付与できる有用な魔法だが、魔法辞典《マジック・リブロ》に記載されている限り、回復系のものはない。

ノルドは自分の中で、挫折《ざせつ》を運命へと転換させた。

「これはきっと大地母神《ギャラティカ》さまのお導きに違いないって。彼――冒険者になって、迷宮攻略を目指すらしいわ」

驚いたのは両親である。

頼むから危ない真似《まね》はやめてほしい。回復系の魔法などなくても、しっかりとした知識と技術を身につけて、人々に愛される医師になってほしい。時間をかけて何度も説得したのだが、ノルドは納得しなかったという。

「そこで、私のところに相談がきたのよ。信頼の置ける冒険者パーティを紹介してほしいって」

サフランの患者には冒険者が多い。かつての〝宵闇《よいやみ》の剣《つるぎ》〟の専属の医師であり、噂を聞きつけた上級冒険者たちが、こぞって専属契約を願い出てきたからである。

「どうかしら？」

サフランは上品な笑みを浮かべた。

「ふたりとは年も近いし、貴重な魔法使いよ？」

その話に、マリエーテとカトレノアがすぐさま反応した。

「わるい話じゃない」

「わるいどころではありませんわ。魔導師がひとりと魔法使いがふたりだなんて、そんな贅沢なパーティ、王都中を探してもありませんことよ」

「つまり――」

一方のロウは冷めたものだった。

「信頼の置けるうちに預けて、冒険者を諦めさせたいと」

話の流れからすれば、常軌を逸した訓練を強行している〝暁《あかつき》の鞘《さや》〟で、ノルドを挫折させたいということになる。

「……ただでとは言わないわ」

サフランは手札を切った。

依頼料は、〝暁《あかつき》の鞘《さや》〟に所属する冒険者たちの治療費を、向こう一年間無償にすること。

「他人の家庭の事情にしては、ずいぶん太っ腹ですね」

「他人事じゃないもの」

サフランは条件をひとつ追加した。

「ついでに、うちの娘も預かってほしいの」

サフランの娘はトワといって十五歳だという。将来の夢は、芸術家として身を立てることらしい。

「冒険者になる必要はないと思いますが」

「問題は、題材なのよ」

サフランは諦めきったようなため息をついた。

「あの子、魔物の絵が好きなの」

きっかけは、子供のころにせがまれて買ってやった魔物図鑑《モンスター・リブロ》だという。それ以来トワは魔物たちに夢中になり、学校にも行かず、ひとり部屋に引きこもって魔物の絵を描くようになった。

「私も馬鹿ね。少しでもきっかけになればと思って、冒険者ギルドに魔核《まかく》集めの依頼を出したのだけれど」

まずいことに、トワは迷宮探索に有用なギフトを取得してしまったらしい。

「つい先日、珍しく外出するというから喜んでいたら。あの子、冒険者ギルドで冒険者の登録をして、その日のうちに単独《ソロ》で無限迷宮に潜行《ダイブ》したのよ」

激怒したサフランは娘を叱りつけ、決定的に仲違いをしてしまった。

「もう部屋にも入れてくれないわ」

完全にお手上げである。

魔物に魅入られたトワは、遠からず迷宮内で命を落とすことになるだろう。

だからこそ、放ってはおけない。

「ノルド君の両親にしても、私にしても、自分の子供を危険な目にはあわせたくない。できれば冒険者の道を諦めさせたい。でも、それが叶《かな》わないならば――せめて、少しでも信頼できるパーティに入ってほしい。それが親心というものでしょう？」

少しも動じることなく、ロウは確認した。

「先生には、俺たちの目的をお伝えしましたよね？」

「ええ」

ユイカのことはごく限られた者しか知らない。だが〝暁《あかつき》の鞘《さや》〟の専属医師であるサフランは、ロウとシズから事情を打ち明けられていた。

「正直なところ、今の俺には余裕がありません」

とてもそうは見えない様子でロウは言った。

「必要なひとやものには、時間もお金も、それこそすべてを注ぎ込みますが。そうでなければ――」

この青年は誰よりもユイカを助け出すことの困難さを自覚していると、サフランは理解した。

「切り捨てますよ？」

その言葉にびくりと身を竦ませたのは、マリエーテとカトレノアである。

「わ、私は絶対に必要」

「わ、わたくしも、本日をもって罪悪感を克服しましたわ。惨殺など、へっちゃらです」

ふたりの様子を見て、サフランは頰を引きつらせた。

思春期の難しい年ごろの女の子をよく手なずけている。いや、躾《しつ》けているといったほうが正しいか。

　後悔の念が一気に襲ってきたが、それでも、今後確かに訪れるであろう破滅の事態よりはましだとサフランは思った。

「好きにしていいわ。ただし、命の安全にだけは気を配ってちょうだい」

　それ以外であれば、自分が治療する。

(23)

「はじめまして。僕の名前はノルド。大地母神《ギャラティカ》さまのお導きに従い、冒険者の道を志しました。冒険者レベルは三。雷属性の魔法ギフトが使えるので、何かとお役に立てると思いますよ」

　自信に満ちた表情で、ノルドが自己紹介をした。

　鼻の頭にはそばかすが浮かんでいる。少年から青年へと移り変わる微妙な年ごろの顔だ。

〝暁《あかつき》の鞘《さや》〟本部の玄関ロビーで輪になっていたメンバーから、ぱちぱちとまばらな拍手が送られた。

　皆の視線が次の人物に移ったが、そこにいた小柄な少女は、まるで狐《キツネ》に見つかった鼠《ネズミ》のようにびくりとして、素早く母親の背中に隠れた。

「こ、こらっ。ちゃんと挨拶なさい！」

本人以上に恥ずかしそうに、サフランが叱りつける。

「……トワです。ちっす」

顔を覗かせたのは、独特の風貌を持った少女だった。

やや吊り上がり気味の目は異様に大きく、瞳が少し金色がかっている。腰のあたりまである髪は灰色で、緩い三つ編みにしている。

「昨日までは楽しそうにしてたんだけど」

申し訳なさそうなサフランに、ロウが微笑んだ。

「仲直り、できたみたいですね」

大喧嘩《おおげんか》をして部屋に閉じこもってしまったという娘を、どうやら連れ出せたようである。

ひとつため息をついて、サフランが代わりに紹介した。

「娘のトワよ。冒険者レベルは二。ギフトは〝探索〟と〝予感〟――だそうだわ」

ギフトの情報は、冒険者用の装備一式と引き換えに無理やり聞き出したらしい。

ふむと、ロウは首を傾げた。

「〝探索〟はともかく、〝予感〟というのは恩恵辞典《ギフト・リブロ》にも載ってませんね。効果は？」

「それが、よく分からないの。この子、致命的に説明が下手だから。嫌なことが起きそうになると、ざわざわするらしいのだけど」

母親の背中からロウのほうを睨みながら、トワががるると牙を剝いた。

「すでにっ。このお兄さんから、ざわざわしてる」

「では、こちらも自己紹介をしましょうか」

「む、無視？」

クラン代表のシズに始まり、戦闘要員のマリエーテとカトレノア、支援要員のロウ、タエ、プリエ、御者兼庭師のハリスマン。

そして最後に、

「お手伝いのミユリと申します。今はお茶汲《く》みしかできませんが、いつかきっと皆さんのような冒険者になりたいと思っています」

かつてのユイカの活躍と教団による広報活動により、ミユリの名前と特徴はかなり知られていた。黒い髪に黒い瞳という組み合わせは、この国では珍しい。

「ミ、ミユリって、まさか――ひょっとして、神子《みこ》さま？」

大地母神教の信者らしいノルドが身じろぎした。

こういった反応には慣れているのか、ミユリは気を害した風もなく、にこりと微笑み返した。

その天使の微笑みに、ノルドは真っ赤になってたじろいだが、はっと気づいたようにマリエーテのほうに視線を移した。

「と、ということは、こちらがまさか——〝妹巫女〟さま？　〝妹巫女の邂逅《かいこう》〟で。リトカン中央広場で、お話を語られた」

「ちっ」

来てやがったのかという感じで、マリエーテが舌打ちした。

最近では噂ばかり先行して実在さえ疑わしいとされているミユリよりも、ちょくちょく聖事に顔を出して寄進集めに勤《いそ》しんでいるマリエーテのほうが、王都での知名度は大きくなっているようだ。

ノルドは手を胸に当てると、少し気取った感じで一礼した。

「お会いできて光栄です。その、もしよろしければ、妹巫女さまの祝福を——」

マリエーテはすっと手を差し出した。

「金貨十枚」

「……え？」

一方のトワは、おもちゃに興味を示した子猫のように、ミユリに向かって突進した。

「くわっ、なんだ——このありえない造形！」

奇声を発しながらミユリの周りをくるりと一周すると、大きな目をいっぱいに見開いて懇願する。

「触ってもいい？」

「え？　あ、はい」

両手で頬を摘み、左右に引っ張る。

「い、いひゃい、れす」

「匂いも嗅いでいい？」

「——ちょ、ちょっとあなた！」

たまらず、カトレノアが助けに入った。

「不敬もいいところですわよ」

「ふむ。この金髪巻き毛も、なかなか。伸ばしてもいい？」

「お断りですわ！」

ぱんぱんと手を鳴らす音が、しまりのない空気を切り裂いた。

「迷宮探索は、遊びではありません」

眼鏡の奥でシズが目を細めていた。

「まがりなりにも、今日一日、あなたたちはパーティの一員となるのです。互いに敬意を持って接するとともに、秩序ある集団行動を心がけなさい」

「………………」

「いいですね？」

「は、はいっ！」

豪華な装飾が施された馬車に、マリエーテ、カトレノア、ノルド、トワの四人が乗り込む。

ロウは御者席、ハリスマンの隣に座った。

「皆さん、お気をつけて」

「よりよい冒険の成果を期待しています」

ミユリが少し羨ましそうに、そしてシズが生真面目に見送りの言葉をかける。

「頑張るのは、ぼちぼちでいいからね。みんな、無事に戻ってくるんだよ」

「すぐにお風呂に入れるようにしておきますから。挫《くじ》けないでくださいねぇ」

タエとプリエの言い回しが微妙なのは、マリエーテとカトレノアがぼろぼろになって帰ってくるのを知っているからだろう。

「ああ、あの子にもようやく友達ができて。いっしょに外出するだなんて」

そんな中、サフランはひとり感涙に浸っていたが、急に馬車の窓が開いてトワが顔を出した。

「友達と違う！」

ぴしゃりと窓が閉まる。

「迷宮では、ロウ君の言うことをしっかり聞くのよ。身勝手な行動はしてはだめよ。それから、お友達にはちゃんと気を遣って――」

再び窓が開いて、

「お母さん黙って！」

ぴしゃり。

「それでは、出発しますぞ」

朝一番ということで、ひと通りは少ない。もと執事とは思えないハリスマンの見事な操縦で、豪華な馬車は目的地に向かってスムーズに進んでいく。

「いや、それにしても懐かしいですな」

御者席では、ハリスマンとロウがほのぼのと会話をしていた。

「新しい仲間を迎え入れるときというのは、互いに緊張し、胸が高鳴るものです」

「お酒でも飲めたなら、話は早いんですけどねぇ」

「なに、冒険者としての資質もひととしての本質も、ともに潜行《ダイブ》すれば分かること。皆さんはまだお若いのですから、すぐに打ち解けるでしょう」

「だと、いいのですが」

ロウが御者窓を開けると、車内の空気は張りつめ、しんと静まり返っていた。

身内以外の者がいる場所では、マリエーテは無口になる。トワは醜態を見せたことで渋面になっているし、ノルドは妹巫女を意識して緊張している様子だった。カトレノアは社交的かつ物怖《ものお》じしない性格だが、十五歳の少女ひとりでは少々荷が重いようだ。

「ノルド君。もしよければ、冒険者を志した理由を聞いてもいいかな?」

「あ、はい」

おおよその事情は聞いているが、あえてロウが問いかけたのは本人の緊張をほぐすためでもある。

「僕の家は、丘区で治療院を営んでいて――」

たとえ回復系の魔法ギフトがなくても、優秀な医師はたくさんいる。ノルドの両親もそうだった。

だが、実力で頑張ってきた医師だからこそ、回復系魔法のすごさ、あるいは理不尽さを理解していたのだろう。

息子のために私財を叩《はた》いて強制《パワー》レベリングをさせたことが、結果的にあだになった。

少なくとも両親にとっては。

「雷属性の魔法ギフトを取得した時に、大地母神《ギャラティカ》さまにお言葉をいただいたんです。これを用いて、魔物を倒せとね」

ギフトを授けた冒険者たちに、大地母神《ギャラティカ》はおおむね同じような言葉をかけるのだが、ノルドは天啓を授かったと認識したようだ。

やや芝居がかった表情と口調で、ノルドは言った。

「両親を悲しませていることは分かっている。でも僕は、迷宮で自分の力を試してみたいんだ」

おそらく彼は、善良な両親によって真っ直ぐに育てられたのだろう。若さゆえの無鉄砲さも、年長者から見れば微笑ましく思えた。

「ありがとう、ノルド君。素晴らしい動機だね」

ちらりと視線を移すと、トワが牙を剝いてこちらを睨んでいた。

絶対に聞くなよ、ということらしい。

ロウはにこりと笑った。

「トワさんは、どうだい？」

「――っ」

「部屋に閉じこもってばかりで学校にも行かないって、お母さんが心配していたよ。先ほどから見ていると、君たちはずいぶん仲がよさそうだったし。もしかして、お母さんを安心させるために冒険者になったのかな？」

「ち、ちがっ！」

ぎゃーぎゃー喚《わめ》きながら全力で否定すると、トワは周囲の仲間たちのあ然とした様子を見て、はっとしたように口を噤み、うぐぐと唸った。

「……魔物」

ぼそりと呟く。

「魔物が、どうかしましたの？」

カトレノアの問いに、トワはそっぽを向いて答えた。

「ボクは、魔物が好き。だから、冒険者になった」

「そ、そんな理由で？」

驚いたのはノルドである。

敬虔な大地母神教の信者である彼にとって、地下迷宮に棲まう魔物たちは滅ぼすべき存在でしかないのだろう。

「あら、よいのではありませんこと？」

カトレノアが澄まし顔で言った。

「迷宮に入る理由はひとそれぞれですわ。たとえそれがどんなに身勝手で、幼い理由だったとしても」

珍しくマリエーテが質問した。

「トワ。地下八十階層の魔物に、興味はある？」

「……あ、ある」

「見たい？」

「見たい――どころか、触りたいし、匂いも嗅ぎたい」

「そのためなら、死んでもいい？」

「いい」

「分かった。歓迎する」

何を言われたのか分からないという顔で、トワがきょろきょろしている。

これはまた突き抜けた子が現れたなと、ロウは密かに苦笑した。

名のある冒険者たちは、まともではない。ある意味、不合理さこそが、冒険者として大成するための要因になるのではないかと思うことすらある。

「さあ、第一迷宮砦に着いたよ」

無限迷宮内に足を踏み入れた時には、光苔《ひかりごけ》の幻想的な美しさに思わず感嘆の声を漏らした。

通路《アイル》や広間《ステージ》を歩いている時には、周囲を警戒するとともに、自分が冒険者になったことを実感することができた。潜行《ダイブ》してからしばらくは魔物たちと出会わず、拍子抜けすらした。

そして今、ノルドは地下一階層の最北部にいる。

「――な、なんだ、これは」

通称、〝犬頭人《コボルド》の巣窟《そうくつ》〟。

「おーほっほっほっ！」

仰向けになり、すがるような目で助命を訴えかけている〝犬頭人《コボルド》〟の腹部を、鋭利な薄曲刀《ファルシオン》の切っ先が切り裂いた。

『ギュエアアアア！』

思わず耳を塞ぎたくなるような悲痛な叫び声が、広間中《ステージ》に響き渡る。

「あらあら。いい声を上げる犬コロですこと」

カトレノアは武器を短刀《ナイフ》に持ち替えると、甲高い笑い声を上げながら〝犬頭人《コボルド》〟の頭部を滅多刺しにした。

「ほうら、見つけましたことよ」

その中に手を突っ込み、魔核《まかく》と呼ばれる結晶を抜き取る。

魔物が滅する時に発する大量の黒い霧に包まれながら、カトレノアは魔核《まかく》を高く掲げると、恍惚《こうこつ》とした表情を浮かべた。

「まったく――何も感じませんわ。ああ、なんて素敵なことでしょう。おーほっほっほっ！」

上品なお嬢さまだと思っていたのに、これではまるで邪悪な魔女である。

一方のマリエーテはというと、まるで庭に生えている雑草を刈り取るかのように、次々と犬頭人《コボルド》たちを葬り去っていた。

「また壊れた。脆《もろ》い。雑音がする。人形のくせに、生意気な」

ぶつぶつと呟きながら、無表情に短刀《ナイフ》を振るい続ける少女には、かつてリトカン中央広場で見た聖なる妹巫女の面影などない。まるで鬱陶しいからという理由で蟻《アリ》を踏みつける残酷な子供だ。

隣を見ると、さすがにトワも衝撃を受けているようだった。

「……信じ、られない。なんてことを」

「あ、トワさん」

ふらふらと頼りない足取りで、トワが殺戮《さつりく》現場へと向かう。

「それ、ボクもやっていいの？」

「もちろんですわ。マリンさん」

「分かった」

マリエーテが気合らしきものを入れると、広間《ステージ》から逃げ出そうとしていた最後の犬頭人《コボルド》がぱたりと倒れた。

シェルパのロウの話では、神気を発して犬頭人《コボルド》の戦意を喪失させるためには、冒険者レベル三が必要なのだという。

レベル二のトワでは同じ真似はできない。

「時どき反撃してくるから、あまり不用意に――」

「うっ、はぁあ！」

トワは仰向けに寝ている犬頭人《コボルド》に飛びかかると、白いもふもふとした胸に手を置いた。

「あ、やべっ」

突然犬頭人《コボルド》が大口を開けてトワの手に噛みつこうとするが、その前にトワは手を引いていた。

「へぇ」

と、感心したような声を出したのは、やや離れた位置で様子を見守っていたロウである。

「ひとの話は最後まで聞く。カレン」

「まったく、世話が焼けますわね」

暴れる犬頭人《コボルド》の右腕をマリエーテが、そして左腕をカトレノアが踏みつけた。

これで哀れな魔物は身動きが取れない。

「うほぉお！」

トワは興奮したように雄叫《おたけ》びを上げながら、魔物の胸に思う存分頬ずりする。

「な、中身も見ていい？」

その後の惨殺行為から、ノルドは目を背けた。

㉔

無限迷宮の地下二十階層。

適正レベルは四。

ここは初級冒険者たちにとって、大きな壁となる階層である。またその南西部領域《エリア》には、それほど強くないわりに高い経験値を内包する魔核《まかく》を持つ、雷光精霊《ウィルオウィスプ》という魔物が出現することで知られていた。

〝悠々迷宮《ゆうゆうめいきゅう》〟のメンバーは、初めてこの階層に足を踏み入れていた。

「ふ～ん。地下二十階層っていっても、あんまり代わり映えはしないんだな」

両手を頭の後ろに組みながら、パーティの先頭を無警戒に歩いているのは、燃えるような赤毛の少女である。

正確な年齢も本当の名前も、タニスは知らない。

ただ、彼女の無鉄砲な性格だけは分かっており、いつも手を焼かされていた。

「なぁ、翼竜《ワイバーン》。やっぱりさ、階層主ってやつと戦うのは――」

「だめに決まってるだろう」

これである。

地下二十階層には〝関門《かんもん》〟と呼ばれている階層主が存在する。地下二十一階層へと繋がる螺旋蛇道《スネーク》の前に陣取っており、この魔物を倒さなければ、下の階層へ降りることはできない。

多くの初級冒険者たちが脱落する原因、あるいは今後大成するかどうかの試金石《しきんせき》にもなっている魔物だった。

「それと、俺はタニスだ。変な名前で呼ばないでくれ」

赤毛の少女は、仲間たちを自分が勝手につけた魔物名《コードネーム》で呼ぶ癖があった。

理由は、なんとなく強そうだから。

そして彼女自身は、呆れたことに迷宮最強の竜《ドラゴン》と名乗っている。

恥ずかしいからやめてくれと、タニスや他のメンバーたちは何度も懇願しているのだが、この脳筋少女は口では分かったと言いながら、次の瞬間には忘れてしまうのだ。

「いいかい、ドラコ」

苦肉の策で魔物名《コードネーム》を短縮した愛称《ニックネーム》で呼ぶと、タニスはまるで幼子に数を教え込む父親のように言い聞かせた。

「俺たちのパーティレベルは、三。そしてこの階層の適正レベルは、四。普通に探索するだけでも厳しいんだ。そして階層主のレベルは、適正レベルのふたつ上――つまり、六だ。分かるね？」

「ああ」

少女は虚空を睨みつけるような表情になった。

「つえー奴《やつ》と戦えるってことだろ。わくわくするな」

「――違う！」

「無駄だぜ、タニス」

ため息をついたのは遊撃手である。ぶっきらぼうな口調だが、意外と気配りのできる性格で、自然とメンバー間の調整役に収まった。

その彼が、すでに匙《さじ》を投げていた。

「そいつは〝炎渦《えんか》の蛾《が》〟だ。強い魔物と戦って死にたいのさ」

「…………」

無言のまま頷いたのは、重戦士だ。彼はひと月前の迷宮探索で、左の頬に傷を負っていた。

それは赤毛の少女のせいだった。

あろうことか、この少女はシェルパとの契約を勝手に変更して、メンバーに内緒で地下九階層の階層主――屍霊鬼《グール》のいる領域《エリア》へと案内させたのである。

かろうじて戦いには勝ったものの、重戦士は顔に消えない傷を負ってしまった。

この無骨な重戦士が、実は繊細な心を持っていることをタニスは知っていた。だから赤毛の少女が「その傷、ごつい顔に似合ってるぞ」などと無邪気に褒め称えたときには、真っ青になったものだ。

「まあ、今回はだいじょうぶだと思いますよ」

参謀役の軽戦士が、丁寧な口調で解説した。

「魔物図鑑《モンスター・リブロ》によれば、〝関門《かんもん》〟は自分の持ち場を離れないはずですし。今回向かう狩り場――〝水《すい》晶《しょう》墓場《はかば》〟からは、かなり離れていますす」

生真面目で努力家、しかも研究熱心な彼は、なんとかして赤毛の少女の戦闘スタイルをパーティ戦略の中に組み込もうと試みたものの、残念ながら果たせなかった。

「それに、シェルパさんとの契約内容は、事前に確認済みですから。ね？」

「いくら違約金を積まれたって、承知しませんよ」

今回雇った中年のシェルパが不満げにぼやいた。

「低レベル攻略ってだけでも危険なのに。ましてや階層主と戦うだなんて。勘弁してください」

その態度に、タニスは冷や汗をかく思いだった。

実力のある若手のシェルパへの指名が何度も断られるのは、ひょっとすると〝悠々迷宮《ゆうゆうめいきゅう》〟のわるい噂が広まっているからではないかと危惧したからである。

契約違反を重ねた冒険者パーティは依頼拒否者名簿《ブラックリスト》に登録されて、二度とシェルパを雇えなくなるという。もしそうなったら、王都での冒険者稼業は廃業するしかない。

「す、すみません。絶対に無理はしませんので」

本来、立場が下であるはずのシェルパにぺこぺこと頭を下げながら、タニスは冒険者としての自分の矜持《きょうじ》が情けなくしぼんでいくのを感じた。


男だけの四人パーティに赤毛の少女を加入させることについては、様々な議論と葛藤があった。

パーティの解散の理由は〝冒険性の違い〟がお約束だが、メンバー間の男女関係のもつれというのも多い。

たとえばふたりの男性メンバーがひとりの女性メンバーに好意を抱いてしまった場合、どちらが勝ったとしてもパーティの存続は難しくなる。

だが少なくとも、この赤毛の少女に関しては、恋愛ごとに関するいざこざとは無縁のようだった。

見栄えはいい。顔の作りは整っているし、背が高くスタイルがよいので、式衣装《ドレス》姿が似合うかもしれない。

しかし少しつき合ってみれば、そんな幻想は一気に吹き飛んでしまう。

少女の中にあるのは、自分が強くなることへの渇望だけだった。服飾《ファッション》よりも武器や防具の性能に興味を示し、迷宮探索以外では鍛錬ばかりに時間を費やしているらしい。

確かに戦闘能力は飛び抜けている。身体能力《ステータス》も高く、優秀なアクティブギフトも取得している。

しかし、性格があまりにも極端過ぎた。

ひと言で言い表すならば、戦闘狂である。

浅階層《せんかいそう》であれば、個人プレイも通用するかもしれない。だが中階層以降になると、魔物たちが一気に強くなり、パーティの連携なくしては戦いを切り抜けることは難しくなる。

このままでは、〝悠々迷宮《ゆうゆうめいきゅう》〟が解散する前にパーティが全滅するのではないか。

そんな不安、あるいは不満を抱いているのは、タニスだけではなかった。

少女を除く四人のメンバーで何度も話し合い、解決策を見出そうとしたが、結局のところ同じ結論に行き着いてしまう。

あいつを、パーティから除名するしかない。

口に出して意思を示したわけではないが、皆がそう考えていることは明白だった。

それを決断し本人に伝えるのは、リーダーであるタニスの役目だった。でなければ、遠からず〝悠々迷宮《ゆうゆうめいきゅう》〟は瓦解《がかい》してしまうだろう。

今回、まだ見ぬ階層に潜行《ダイブ》したいという赤毛の少女の意見を採用したのは、贖罪《しょくざい》の意味も兼ねてのことだった。

ようするに、最後の思い出作りである。

とはいえ、生きて帰らなければ意味はない。地下二十階層を慎重に歩きながら、タニスは右腕に嵌《は》めている腕輪を左手で押さえた。

それは、悩めるタニスが冒険者ギルドでパーティ相談調整《コンサル》を申し込んだ時に、担当のロウという青年から借り受けた腕輪だった。

〝探索の腕輪〟という魔法製品《マジックアイテム》で、魔力を込めると〝探索〟のギフトが発動する。

『あ、あそこなら、きっと役に立つよ』

笑顔でそんなことを言っていたが、確かにこれがあれば、魔物の魔気を感知して事前に備えることができる。

危険な階層へ赴くタニスたちへの〝お守り〟なのだろう。

「そういえば、酒場で妙な噂を聞いたんだが」

狩り場への道すがら、遊撃手が話題を振った。

「最近、浅階層《せんかいそう》に〝髑髏《どくろ》の騎士〟が現れるらしいな」

驚いたように軽戦士が問いかける。

「それってまさか、骸骨騎士《スケルトンナイト》ですか？」

骸骨騎士《スケルトンナイト》は適正レベル十二以上の深階層に現れる魔物である。そんな魔物が浅階層《せんかいそう》に現れたら、初級冒険者パーティなど一瞬で全滅させられるだろう。

「違う、違う」

遊撃手は手を振った。

「どうやら、髑髏《どくろ》の仮面を被った冒険者らしいぜ」

その冒険者は、風のようなスピードで浅階層《せんかいそう》を駆け抜けていく。魔物とも戦うが、全滅させることはなく、途中で戦いに飽きたかのように、どこかへと走り去ってしまうのだという。

「ああ、そいつのことなら、うちのギルドでも噂になってますよ」

会話に入ってきたのは、今回初顔合わせの中年のシェルパだった。

「いえね、これは最近うちに入った新入りから聞いた話なんですが。どうやらそいつは、浅階層《せんかいそう》にいる魔物たちの〝間引き〟をしているのだとか」

「間引き？」

迷宮探索に使う言葉ではないと、タニスは驚いた。

「何のために？」

「さあ。何やら難しいことを言ってましたが、冒険者ギルドの改革の一環、とかなんとか」

意味不明である。

先頭を歩いていた赤毛の少女が振り向いて、にやりと笑った。

「そいつ、つえーのか？」

「君ね……」

迷宮内で他の冒険者に戦いを挑んだりしたら、除名などでは済まない。いつもなら口を酸っぱくして注意するところだが、もうそんな必要もなくなるのだからと、タニスは無理やり気持ちを切り替えた。

「そんなことより、ドラコ。ここにいる雷光精霊《ウィルオウィスプ》もなかなか手強《てごわ》いぞ。君は、硬いやつと戦いたいって言ってたろ？」

「ほんとか？　よーし、殴るぞー」

数回の戦闘を経て、〝悠々迷宮《ゆうゆうめいきゅう》〟は今回の探索の目的地である〝水晶墓場《すいしょうはかば》〟へとたどり着いた。

タニスは気合を入れて宣言した。

「みんな。狙うのは、雷光精霊《ウィルオウィスプ》だけだ。よい〝実りの時間《とき》〟を過ごそう！」

〝水晶墓場《すいしょうはかば》〟は向こう側の壁が見えないくらい広大な広間《ステージ》である。その名の通り水晶のような灰色の鉱物が地面から無数に突き出ていて、まるで迷路のような地形を構築していた。

「いたぜ」

〃聞耳《ききみみ》〃というギフトを持っている遊撃手が、いち早く魔物の姿を発見した。

光苔《ひかりごけ》よりも明るく、そして青白く発光する球体。大きさは大人が抱えられるくらいか。

軽戦士が解説する。

「打ち合わせでも説明しましたが、雷光精霊《ウィルオウィスプ》は硬く、しかも〃浮遊〃のギフトで浮いてますので、ダメージを与えにくい魔物です。こちらに気づくと〃雷還衣《らいかんい》〃というギフトを――って」

「うおりゃああ！」

赤毛の少女が突進した。

「あの馬鹿！」

「…………」

遊撃手と重戦士が慌てたように少女の後を追う。

こうしてせっかく立てた作戦も無駄になり、〃悠々迷宮《ゆうゆうめいきゅう》〃の面々は、いつものごとく意図せぬ泥沼の戦いへと引きずり込まれるのであった。

「まったくもうっ！　いくら作戦を立てても、意味ないじゃないですか」

文句を吐き出す軽戦士とともに、タニスも走り出した。

赤毛の少女の武器は、両手の拳。指先から肘まで覆う鋼鉄の手甲《てっこう》を身につけている。

「へん、トロいやつだな」

所在なさげに浮かんでいる雷光精霊《ウィルオウィスプ》に対して、まるで野生の肉食獣のようなしなやかな動きで間合いをつめると、少女は体重を乗せた一撃を放った。

──ガキンッ。

しかし雷光精霊《ウィルオウィスプ》は空中を滑り、打撃は受け流された。

「手応えがねぇ。ならっ」

再び間合いをつめ、少女は連打を叩き込む。

その瞬間、雷光精霊《ウィルオウィスプ》の表面に幾筋もの稲妻のような光が走った。

バチンッ。

「ぎゃっ！」

衝撃を受けた少女は、地面に転がった。

「継手《クラッチ》──つうか、引っ込んでろ！」

ようやく追いついた遊撃手が怒鳴りつけた。

重戦士が魔物の反対側に回り込む。

ふたりは雷光精霊《ウィルオウィスプ》を挟み込むようにして、慎重に間合いを測りながら戦闘を開始した。

身体の表面に稲妻をまとう〝雷還衣《らいかんい》〟の継続時間は、それほど長くはない。その効果が切れたところを見計らって、交互に攻撃する。

焦らず確実に。

少しずつダメージを蓄積して。

「〝岩砕斬《がんさいざん》〟！」

最後は重戦士による戦斧《バトルアクス》の一撃で、雷光精霊《ウィルオウィスプ》にとどめを刺した。

頭痛を堪えるような仕草をしながら、軽戦士が解説する。

「このように、時間をかけて戦えばノーダメージで倒せる相手です。ポイントは、表面に走る稲妻の色ですね」

青から白、そして黄色に変わりしばらくすると、〝雷還衣《らいかんい》〟が途切れるのだという。

「ふ～ん」

地面の上に胡座《あぐら》をかきながら、赤毛の少女がつまらなさそうに呟いた。

中年のシェルパが専用の道具を使って、雷光精霊《ウィルオウィスプ》の体内から魔核《まかく》を取り出す。

皆が集まり、感嘆の声を上げた。

浅階層《せんかいそう》の魔物の魔核《まかく》は団栗《どんぐり》くらいの大きさなのだが、それよりもひと回り大きく、なおかつ色も濃い。

慎重に戦えば命の危険はない。しかも競合する冒険者が少ない。

よい狩り場だと、タニスは思った。

問題は魔物の出現率である。雷光精霊《ウィルオウィスプ》は希少魔物《レアモンスター》というわけではないが、常に単独で行動する。

しかも、周囲は灰色の水晶柱のせいで見通しがわるい。

ああ、そういうことかと、タニスは相談調整《コンサル》担当の青年が口にした言葉の意味を理解した。

〝探索の腕輪〟は、使い方によっては魔物を探すことにも使える。

「発動――〝探索〟」

合言葉《キーワード》を唱えると、身体の中からごっそりと何かが抜かれる感覚を受けた。おそらく大量の魔力を消費したのだろう。

「こっちだ」

確信を持って、タニスはパーティを次なる魔物のもとへと誘導した。

(25)

「おりゃ！」

鈍い音とともに撥《は》ね飛ばされた雷光精霊《ウィルオウィスプ》を、赤毛の少女が追撃する。

「爆裂《ばくれつ》――」

しかしその寸前に〝雷還衣《らいかんい》〟のギフトが発現し、少女はぎゃっと叫び声を上げて地面を転がった。

「あーあ、少しは学習しろよ」

「…………」

「なんとかにつける薬はありませんからね」

その無様な戦いを、遊撃手、重戦士、軽戦士の三人が、呆れたように眺めている。

「ただでさえ硬くてダメージを与えにくい魔物だってのに。これじゃ時間の無駄だぜ」

いざという時に助けに入る体勢もとらず座り込んでいた遊撃手が、首を大きく後ろに傾けて、後方で待機しているタニスにぼやいた。

彼の言う通りだった。

しかもたった一戦で満身創痍《まんしんそうい》になっていては、次の戦いにも支障が出るし、ポーションを使えば経費がかさむ。

だが、助けに入ることはできなかった。

赤毛の少女が、自分ひとりで倒すと言って聞かないのだ。

「すまない、みんな。もう少し待ってくれ」

パーティ全体の〝実りの時間《とき》〟を台無しにしてしまう独善的な行為だが、タニスは仲間たちをなだめた。

今回ばかりは少女の好きにさせようと、心に決めていたからである。

「よえーな……」

厳しく見つめる視線の先で、赤毛の少女は口元を拭いながら立ち上がった。

「弱い弱い。こんなんじゃ、ぜんぜんだめだ」

ぼろぼろになりながらも、しかし少女は笑っていた。

「ぜんっぜん──足りねぇ！」

馬鹿正直な、なんのひねりもない右ストレート。

だが、今度の打撃音は違った。

金属同士がぶつかるような鈍い音の中に、一筋の、甲高い旋律が走る。

撥ね飛ばされた雷光精霊《ウィルオウィスプ》が、空中で痙攣《けいれん》するような動きを見せた。

「……抜いたな」

と、重戦士が呟いた。

物理三属性の中で、〝打〟の攻撃にだけ存在する特殊効果──〝打ち抜き〟だ。

衝撃が魔核《まかく》を貫き、ごく短い時間、魔物を行動不能にすることができる。

〝斬〟や〝突〟の一撃与死《クリティカル》と比べると派手さこそ欠けるものの、大きなチャンスに繋がる。

すかさず間合いをつめた少女だったが、今度はインパクトの直前に拳を急停止させ、雷光精霊《ウィルオウィスプ》に優しく接触した。

「うぉおおお！」

直後、少女は再び力を込めて、魔物を自分の望む方向へと押しやった。

その先に立ちはだかるのは、地面から突き出した結晶柱だった。逃げ場を失った雷光精霊《ウィルオウィスプ》に、少女は獣のように襲いかかった。

「〝爆裂拳《ばくれつけん》〟！」

攻撃系アクティブギフト。その効果は、無呼吸状態において繰り出した打撃がすべて集約されて、一気に爆発するというもの。

数瞬の静寂の後、雷光精霊《ウィルオウィスプ》は派手な音を立てて砕け散った。

「やりやがった」

「……見事」

「すごい――けど、魔核《まかく》、砕けてないですか？」

タニスもまた目を見張っていた。

やはり、この少女の戦闘センスだけは、一流と言わざるを得ない。

今さらながらに、惜しいと思う。

視線の先にいる赤毛の少女は、魔核《まかく》のことなど気にするそぶりすら見せず、今の感触を忘れないようにと、宙に向かって何度も拳を振り回していた。

その後、赤毛の少女は五回に一回くらいの割合で〝打ち抜き〟を発動させ、雷光精霊《ウィルオウィスプ》を倒し続けた。

これは、驚異的な確率である。

他のメンバーたちも負けじと奮闘し、結果的にはよい〝実りの時間《とき》〟を過ごすことができた。

半日ほど戦ってから、〝水晶墓場《すいしょうはかば》〟の一角に湧き出ている迷宮泉《オアシス》で食事をとる。

「いちち……」

少女の戦い方には無駄が多く、余計な攻撃も受けてしまう。仲間から少し離れた位置に座り込み、ぐったりとしていた。

そこにタニスがやってきた。

「これを使うといい」

体力を回復するヒールポーションと、持久力を回復するキュアポーションを渡す。日ごろから節約節約とうるさいリーダーの計らいに、少女は訝しげな表情になった。

「今日の稼ぎ頭は君だからね。それに、帰りも頑張ってもらわないと」

「帰り？」

少女が訝しげに眉をひそめる。

「まだ半日しか戦ってないぜ。オレは、まだやれる」

「ここは、いい狩り場だろう？」

少女の眼光を受け流すように、タニスは周囲を見渡した。

「雷光精霊《ウィルオウィスプ》以外に危険な魔物は少ない。それなのに、他の冒険者たちはいない。どうしてだと思う？」

言われて初めて少女は疑問に思ったようだが、答えは出てこなかった。

「それは、ここがどんづまりの階層だからさ」

地下二十階層に訪れるのは、初級冒険者の中でも実力のあるパーティに限られる。

しかも、片道で約三日もかかる行程となれば、気軽に潜行《ダイブ》することはできないし、帰りのことも考えると、余力を残したまま狩りを終えなくてはならない。長く居座り続けることが難しいのだ。

「でもさ。確か――二十二階層には近道《ショートカット》があるんだろう？　そこから帰ればいいじゃないか」

少女の狙いは、この階層の螺旋蛇《スネーク》道を守る階層主と戦うことにあるようだ。

ここまで真っ直ぐに欲望を出せるのは羨ましいものだと、タニスは内心苦笑した。

「残念ながら、〝関門《かんもん》〟を倒せたとしても、地下二十一階層は通り抜けられないよ」

無限迷宮の地下二十一階層は、〝死の階層《デス・フロアー》〟と呼ばれていた。

この階層にいる魔物は、たった一種類だけ。

追跡蟻《ストークアント》という魔物である。

大型犬ほどの大きさがあるこの昆虫系の魔物は、敵の存在を感知すると、巨大な顎を打ち鳴らす。

音で、仲間を呼び寄せるのだ。

こうして集まった追跡蟻《ストークアント》の群れは、同一階層内であればどこまでも追いかけてくる。

万が一取り囲まれでもすれば、どんな熟練の冒険者であっても逃れる術《すべ》はない。

「だから俺たちのような初級冒険者は、地下二十《この》階層の階層主《ボス》である〝関門《かんもん》〟を倒して、討伐の証《あかし》となる確定成果品《ドロップアイテム》を持ち帰ることを第一の目標とするんだ。そうすれば、冒険者ギルドから〝近道通行証《ショートカットパス》〟が交付されるからね」

次の迷宮探索は〝死の階層《デス・フロアー》〟を超えた二十二階層から始まる。

そして〝近道通行証《ショートカットパス》〟を手にした冒険者たちは、二度と地下二十階層には足を踏み入れない。

地上から三日もかけて二十階層の〝水晶墓場《すいしょうはかば》〟を訪れるよりも、近道《ショートカット》を使って、地下二十二階層からさらに下層を目指したほうが、経験値稼ぎも収益も効率がよいからである。

「だから〝おいしい〟はずのこの狩り場は、いつも空いているのさ」

「ふ〜ん」

とてもよいアイディアを閃《ひらめ》いたかのように、赤毛の少女はにやりと笑った。

「じゃ、オレはここに残る」

「え？」

「丸いビリビリのやつは魔核《まかく》も大きいし、倒すコツもつかんだ。ここで修行すれば、オレはもっと強くなれるからな」

迷宮の奥深くでパーティと別行動を取ろうとする神経に、タニスは――この少女の非常識さを嫌というほど分かっていたはずなのに――仰天した。

「か、帰りはどうすんだ。シェルパもいないんだぞ」

「別の冒険者《やつら》がきたら、同行させてもらう」

それではいつになるかも分からない。

「水は――迷宮泉《オアシス》があるからともかくとして、食糧は？」

「これ、食えねぇかな」

赤毛の少女がむしりとったのは、地面に生えている光苔《ひかりごけ》だった。

「それは食用じゃない。腹を壊すぞ」

「だめか」

少女は残念そうに光苔《ひかりごけ》を投げ捨てた。

普段であれば、リーダーとして集団行動の大切さを懇々《こんこん》と説教するところだが、今日のタニスは違った。

今さらながらに不思議に思ったからである。

「なあ、ドラコ」

「ん？」

これまで、自由奔放なこの少女とまともに話をしていなかったことに、タニスは気づいた。

「君は、どうして強さを求めるんだい？」

「…………」

タニス自身も冒険者として強さを求めている。しかしそれは迷宮から無事に地上へ帰還するための——生き残るための強さだった。

少女が求める強さとは、何かが違うような気がしたのである。

「弱いやつは、生きてる意味がない」

赤毛の少女は、急に表情が抜け落ちたような顔になった。

「そんなことはないだろう。確かに強いことに越したことはないけれど、パーティ内ではそれぞれの役割がある。少しくらい戦闘能力が劣っていたって——」

「意味がない」

少女はタニスを見ていた。

少し顔を傾けるようにして、瞬《まばた》きもせず、じっとタニスを見据えていた。

「意味が、ないんだ」

遅まきながら、タニスは少女の様子が尋常ではないことに気づいた。

自分はこの少女のことを何も知らない。冒険者になったわけも、出身地も、名前や年齢すらも。

この娘《こ》は、誰だ？

わけの分からない理由で気圧され、一歩後ずさろうとしたその時、

「おふたりさーん。準備ができましたよー！」

料理を作っていたシェルパが呼んだ。

一瞬だけ目を離した瞬間、赤毛の少女はいつもの人懐っこい表情に戻っていた。

「おっ、メシだメシだ。あー腹減った」

そしてうきうきと、迷宮泉《オアシス》のほとりへと走っていく。

呆気《あっけ》にとられたまま、タニスはしばらくその場に立ち尽くしていた。

休憩の後、タニスが地上へ帰還することを宣言すると、赤毛の少女が我がままを言った。

「なあ、あと半日だけ戦おうぜ」

「だめだ」

タニスはきっぱりと拒否した。

余計な荷物を持ち込まないというのが、迷宮探索の鉄則である。食糧もポーションも残り少ない。

「それに、この近くに雷光精霊《ウィルオウィスプ》はいないからね」

「分かるもんか」

「分かるんだよ」

しかたなしに、タニスは〝探索の腕輪〟のことを話した。

パーティ相談調整《コンサル》のことは内緒だったので、とある知り合いから借りたことにする。

〝聞耳《ききみみ》〟のギフトを持つ遊撃手が、どこか安心したかのように文句を言った。

「なんだよそれ。やけに勘が鋭いと思ったぜ」

今回の迷宮探索では、斥候《せっこう》である彼の役割をタニスが奪う形になっていたのだ。

「すまない。今回の探索が終わったら返さないといけないから。あまり慣れてしまうのもまずいと思って」

アクティブギフトやパッシブギフトが封緘《ふうかん》された魔法製品《マジックアイテム》は、目が飛び出るほどの高値で取り引きされている。自分たちには当分縁のない存在だろう。

「発動――〝探索〟」

雷光精霊《ウィルオウィスプ》は長距離を移動する魔物ではない。近くにいないことは分かっていたが、あえて〝探索の腕輪〟を使ったのは、赤毛の少女を納得させるためだった。

しかし、

「――っ」

背中が凍りつくようなおぞましい感覚に、タニスは全身を硬直させた。

とても大きな存在が、こちらに向かってくる。

これまで戦った中でもっとも強かった魔物――地下九階層の階層主、屍霊鬼《グール》よりも、それは遥かに強大な魔気だった。

「向こうから、魔物が来るぞ！」

タニスの声に他のメンバーたちが反応し、彼の指し示す方向に武器を構えた。

まるで時が止まったかのような静寂。

視界に映っているのは、光苔《ひかりごけ》と灰色の水晶柱の森。

幻想的な、まるで静止画のような世界。

「……あの、リーダー？」

痺《しび》れを切らしたかのように、軽戦士が聞いた。

「雷光精霊《ウィルオウィスプ》なら、それほど警戒する必要はないのでは？」

遊撃手も疑問を呈する。

「そうだぜ。それにここは迷宮泉《オアシス》だ。魔物が現れたりはしねぇはず……」

――ギガンッ。

唐突に、何かがぶつかる重い音が響いた。

ギギギギッ。

視線の先で、一本の水晶柱が軋《きし》み、傾き、そして倒れた。数瞬の間を置いて、地鳴りのような振動が伝わってくる。

光苔《ひかりごけ》とともに舞い上がった土煙の中に、巨大な影《シルエット》が浮かんだ。

「ま、まさか――あいつは」

地下二十階層に棲息《せいそく》する魔物について、事前に魔物図鑑《モンスター・リブロ》で予習していたタニスは、魔物の種類を判別することができた。

だが、それでも。

反射的に、彼は目の前の存在を否定していた。

「ト、醜悪鬼《トロル》？　ありえない！」

動かざる魔物。

それは、〝関門《かんもん》〟と呼ばれている階層主だった。

加茂セイ（かも・せい）

横浜市在住。ふと思い立って、2012年ごろから「小説家になろう」などのウェブサイトに小説を投稿し始める。2016年10月に『安定志向の山田さんによる異世界転生』（KADOKAWA）でデビュー。

レジェンドノベルス
LEGEND NOVELS

ダンジョン・シェルパ 迷《めい》宮《きゅう》道《みち》先《さき》案《あん》内《ない》人《にん》 3

2020年7月6日　第1刷発行

［著者］ 加《か》茂《も》セイ
［装画］ 布《ふ》施《せ》龍《りゅう》太《た》
［装幀］ シマダヒデアキ（L.S.D.）

［発行者］ 渡瀬昌彦
［発行所］ 株式会社 講談社
〒112-8001 東京都文京区音羽2-12-21
電話［出版］03-5395-3433
［販売］03-5395-5817
［業務］03-5395-3615

［本文データ制作］ 講談社デジタル製作
［印刷所］ 凸版印刷 株式会社
［製本所］ 株式会社 若林製本工場

N.D.C.913 265p 20cm ISBN 978-4-06-516392-4

ダンジョン・シェルパ
生と死が隣り合わせの
迷宮に挑む冒険者達。
彼らを導くは、
迷宮道先案内人《ダンジョン・シェルパ》
[原作]加茂《かも》セイ
（講談社レジェンドノベルス／刊）
[漫画]刀坂《とうさか》アキラ
[キャラクター原案]布施龍太《ふせりゅうた》

迷宮道先案内人

ロウの、ユイカの冒険をマンガで！
刀坂アキラの緻密なイラストで描かれる、
もう一つの「ダンジョン・シェルパ」！

STORY

迷宮探索を生業とする冒険者達。
彼らをサポートするのがダンジョン・シェルパである。
勇者パーティ「宵闇の剣」のタイロス迷宮完全攻略のため
雇われたのは、若きシェルパのロウ。
前人未踏の迷宮最深部への潜行が始まった——。

単行本第❶巻
7月9日発売！

定価：650円（税別）
シリウスKC 発行/講談社